講談社文庫

本物の読書家

乗代雄介

JN041465

講談社

目次

本物の読書家

1

縁遠い親戚を老人ホームに送り届けるのは珍しいことでもなんでもないが、歓迎すべきことでもない。大叔父上のことだ。

現在に至るまで独り身の大叔父上は、就職してから退職までの長い期間を一人、茨城の高萩《たかはぎ》で暮らしていたという。数年前、身体がだいぶ悪くなり、仕方なく都内の生家――わたしにとっては祖父母の家――に呼び戻されようとしたが、当人はそれを断固として拒否、穏便な話し合いの結果、近所で一人暮らしを始めた。間もなく、台所でひとり意識を失ったのを訪問介護のヘルパーに発見されて一命を取り留めるという騒ぎがあり、とうとう年貢の納め時ということになった。

高萩で死にたい、と大叔父上は言ったそうだ。金なら本人が十分に持っていた。なら初めからそうすればよかったと誰もが口々に言いながら、すぐに当地にある老人ホームが手配され、とりあえずの回復を待った二ヵ月後に入所が決まった。

アパートの一室に詰め込まれた彼の蔵書を売るのはなかなか骨だったと聞いている。それは母曰くちょっとすごい値段で一冊残らず売られるか引き取られるかしたらしい。大叔父上は何の口出しもしなかった。

もともと大叔父上の古本の引き取りはわたしに話がきていたのだが、断りの返事を母から聞いた大叔父上はちょっと嬉しそうにこう言ったという。

「高萩までは、彼に送り届けてもらいたい」

このご指名に心当たりがないわけではなかった。というのも、この人物に関しては、かねてからまことしやかな噂が一つある。川端康成からの手紙を後生大事に持っているらしいというのがそれである。

いつとも知れぬ数十年前、わたしの祖父にあたる彼の兄が「川端康成」との封筒の裏書きを目撃したところに端を発するこの噂の真偽を確かめた者はいない。大叔父上は誰とも滅多に話さなかったし、誰もその必要を感じない、好奇心を持った方をみじめにさせるタイプの人物であった。

親族一同があぁだこうだ言うところによっても、今回の大したご要望は、お前に川端康成の手紙を見せるつもりなのではないか、ということだった。本だけは読んでいるらしいお前だから、手紙の価値がわかるだろう。

ありそうな話だと思いつつなんだか腹立たしかったのは、わたしは作家の手紙を好きな方だが、それが今現在活字になって流通しているのでなければ、他人に宛てられた他人の手紙など、これっぽっちも興味が持てないからである。とりわけ、それが無関係の人物に見せられようとする不幸の瀬戸際に押しやられている場合には。

とにかく行かない。迷った挙げ句にそう伝えて忘れかけていたのだが、暇で金もない不幸な身の上を見計らい、ホームに入る数日前になってだしぬけに母から連絡が来た。先方の手前一人で行かせるわけにもいかない、三万やるからお願いできないか。何においても三万円は大金で、吝嗇《りんしょく》な母にしては法外である。訝しみながらも、引き受けないわけにはいかなかった。

数年ぶりに会った大叔父上は、待ち合わせの上野駅にひとりで、予定の時間に少し遅れて現れた。本人が断ったのかもしれないが、もう親族の誰もこの老人に関わりたくないのである。杖をついた大叔父上は、茶のツイードジャケットにやや太めのスラックス、カンカン帽に、荷物は小さな革の肩掛け鞄だけだった。手紙があるとすればその中であろうか。それとも肌身離さず持っているのだろうか。挨拶もそこそこに買ってあった切符を渡した。

「片道切符ですな」と大叔父上は静かに笑った。

晩年の頭でなかなか愉快なことを言うものだという意味をこめて、わたしは控えめな笑いを三回、等間隔に発音してみせた。

十一時五十二分、常磐線快速、勝田《かつた》行き。時間はあまりなかった。大叔父上は杖を床に打ちつけながら構内を進む。改札に切符を通し、プラットフォームへ通じるエスカレーターに乗ると、彼はわたしの前、狭い段の上でからくり仕掛けのような回転を始めた。杖が小刻みに跳ね、湾曲した腰がその角度を現し始める。身の程をわきまえず、こちらへ振り返るつもりなのだ。

「最近」と言ったときにその微笑が全容を見せつつあった。「仕事はどうだね」

ぼちぼちですねとわたしは彼の肩に手を添えた。エスカレーターの道のりはまだ半分にも来ていなかったが、回転を止めないよう、促すように手を添えると、抗うことなく回っていった。わたしは小さな背中を眺めて細く息をついた。

杖をついて前進している時や、誰か彼を疎ましく思っている場であれば、わたしはこの小さな背中をもった老人のことを誰より好きでいる自信があった。実際、親族の集まる広間において、わたしの信頼を一身に受けていたのは、大抵遠くに腰を落ち着けて煙草をのんでいる、あるいはその場にいないこの人に違いなかった。個人的な恩義や仲間意識のようなものすら抱いていたと言っても嘘にはならない。わたしは彼を自分の忘れえぬ人に数える者であり、大学時代、彼の人さし指を使わない風情ある煙草の吸い方を、喫煙所で誰知らず真似た者でもある。

しかし、こうして常磐線のボックス席に面と向かい、ガタンゴトンの揺れの最中に少し苦しげにも思える呼吸を見てとり、それが一瞬止まる瞬間、今に何か喋り出すぞという悪寒をたくましくしている今、彼を他の人間と区別していたあの神通力は既に失われていると考えるほかなかった。

わたしは車窓に流れる景色を見るよう努めた。わたしには行きだが大叔父上には帰りに思えるその景色のほかに、二人が共有しているものは何もなかった。

2

わたしの隣には黒のスーツ姿をした、三十前後の、体格のいい男が座っていた。

その仕立ての良さは一目瞭然で、ほのかな苦い薫りまでただよっていた。舞い降りた埃が一目散に転げ落ちていきそうだったし、袖からは四角いカフスボタンが品良くのぞき、一度、それを確認するのを盗み見たところによれば、わたしの反対側にある左腕にはパテック フィリップの時計が巻かれている。その世界三大という高級時計ブランドをテレビのバラエティ番組で知ったわたしには、隣にいるせいで顔もよく見えないこの男の身なりから、低俗のあらを探し出すのはかなりの重労働だった。おそらくそれがカフスボタンの本来の役目なのだろうが、わたしの目はやはり自然とそこにいった。よく見ればそれが髑髏をいくつも彫った柄だというのが、低俗といえば低俗な感じがする。とりあえずの解決を見たわたしは、自分の腕にはめてあるタイメックスの時計を何気なく一瞥した。おそろいの時刻、正午をさしていることを確認した己の浅ましさを恥じ入り、寒そうな振りして袖に隠そうとしたその時だった。

「もうお昼ですなー」

わたしは驚いて男の顔を見た。たらこ唇というのが男の第一の特徴であったが、観察は燃え上がった恥の痛みに中断された。男は自分のパテック フィリップではなく、わたしのタイメックスを見下ろして時間を確認していたのである。

「すんまへんけど、弁当食わしてもらいまっせ」極端な大阪弁で言いながらわたしたちに視線を投げると、男はもう体の横にさしていた革のビジネスバッグを膝の上に取り出していた。「しょうもないポリシーで、六時、十二時、十八時と決めとるんですわ」

書類のように立てた姿で鞄から出てきたのは崎陽軒のシウマイ弁当だった。大叔父上が見開いたような目でそれを追う中、男はかます結びを慣れた手つきで解きながら話し続ける。

「駅弁はこれに限りまっせ。わしは電車や新幹線では崎陽軒のシウマイ弁当以外は食いまへんのや。なんでかわかりまっか？」

好物なんですかと言って顔を横向け、わたしは少し大胆に男の顔を見た。オールバックの髪は固められてつや光りし、目はほとんど線を引いたように細かった。

「いや、縦にしても崩れない弁当はこれだけなんですわ」そう言うと、ふたを開けて隣のわたしに乱れのない弁当姿を示した。「そこら中に、弁当をピラミッドみたいにぶら下げて幅をとりよるけったいな人間が山ほどおりますやろ。人間、もっと控えめに生きなあきませんわ」

男はわたしの返事も待たず、遠慮ない様子で食べ始めた。

ぷんとシウマイのにおいが鼻についた。何が控えめか。わたしはいかにもふてぶてしい男の行状に、顔を背けて景色を眺めようとしたが、相変わらず物欲しそうにシウマイ弁当を見つめる大叔父上に気付いた時には、さすがに顔をしかめざるを得なかった。

「なんや、もしかしてお連れさんでっか」男がわたしの様子に気付いて言った。

しかめた顔が一瞬で熱を帯びる。と、男の持つ先の幾分湿った箸が、ボックス席を対角線上に渡って大叔父上の顔にまっすぐ向いた。

「お二人はどんなご関係で？　お祖父さまとお孫さん？」

「わたしはこの人の大叔父です」大叔父上は胸に手をあてかすれた声で答えた。次にわたしを指さした。「わたしから見たらこの人は大甥ですな」

骨張った老人の手がさす方へ男の視線が律儀に従う間、わたしは顔の熱さと表情を落ち着かせようとがんばっていた。

「そらまた珍しい取り合わせやーないですか。どちらまで行かれます？」

高萩までとわたしは声を出した。喉を震わせつかえをとることで、落ち着きを取り戻したかったのだ。

「そらまたえらい遠方や。どんなご用事で？」

わたしはどう言ってよいものか迷って大叔父上を見た。男もそちらに目をやる中、大叔父上は黙って微笑んで男を見返すだけだった。この無為な時間は、これから老人ホームに入ろうというざまを秘匿しようとするその半端なプライドに捧げられた。

へっへっと男は転調するように余裕ある笑い声を上げた。「誰にでも言いたくないことぐらいありまんがな。なんでもペラペラ喋ってこすい詐欺に引っかかるような老いぼれもぎょーさんおる中で、しっかりしたもんや。おとうさん、おいくつになられました？」

「今日で七十六です」大叔父上はそう言った。

「今日で？」と男は幾分高い声を発した。「なんや、誕生日でっか！　そら、おめでとうございます」

誕生日はおろか年齢も知らなかったわたしは、いかにも驚いたというような、声に出さない笑いをその場に挟みこむしかなかった。顔の熱は一向に去っていかない。

「あんさん、ご存知でした？」

水を向けられてあせりながら、いや知りませんでした、わたしはこの人のことは何も知らないのですと口にした。これは、この場におけるいかなる会話においても大叔父上の世話を焼く理由は自分にはないという宣言でもあった。

「そらいかん。事情は知らんけど、これから人には言われへんような場所に二人きりで行こうっちゅうんでしょう。まして血もつながっとるのに誕生日も知らんやなんて」

こうなると、わたしも言い返さないわけにはいかなかった。じゃあ、そう言うあなたはご自分の大叔父さまの誕生日を知ってるんですか？　もちろんおられればの話ですけれども。

「大正八年の一月一日、御年九十七歳ですわ」

返す刀に驚きながらも、こんな時にすぐさま和暦と西暦を対応させてしまうのが、わたしの中学受験以来の特技というか習慣だった。一九一九年一月一日。サリンジャーと同じ生年月日ですねとわたしは思わず、日頃の会話では決して出さない名を口走った。

すると男が、今までにない性急な首の動きでわたしを見返した。土気色の肌に走った細い切り口のような目の奥から、まじまじと見つめる。やがて分厚い唇をつり上げて、にやりと笑った。

わたしは気味悪くなって、なんですかと訊いた。

「いやいや、まいりましたわ」と男はわたしの顔から目を離さない。「ご覧の通り、わしはハッタリの多い人間ですが、その淵を覗きこんできた方には、余さず白状することにしとるんですわ。せやからあんさんにも白状しますわ」

わけがわからない。わたしは憮然とした表情で相手を見つめて返答とした。

「わしにも大叔父はいるんやけども、あんさんの疑った通り、誕生日までは覚えとりませんのや。だから、Jerome David Salinger の生年月日を言うたんですわ」

流暢な英語の発音をこてこての大阪弁に混ぜて発する奇妙さについて指摘するのは憚られた。知らないのに知ってると嘘をついたんですかと問いかけると、男は悪びれる様子もなくむしろ楽しそうな顔を見せた。

「そういうことですわ。そんなもん、覚えてた方がええに決まってますやろ。ええか悪いかは知らんけども、田中角栄かて近しい人の誕生日を残らず覚えて人を仰天させたといいますやんか。少なくともハッタリは利きますわ。だからわしも、確かめようもない場面なら生年月日をすらすら暗唱できるようにして、角栄さながら頭のええヤツやと思わせることにしとるんですわ。ただ、当てずっぽうではあとあと下手を打ちますよってに、小説家から拝借しますんや」

わたしはちょっと恐れをなした。この多分に能力のいりそうな処世術にしても英語にしても、それから立派な外見にしてもそうだが、この男は相当な人物なのかもしれない。それでも落ち着きを装った声で、しかしどうしてサリンジャーなんですと訊ねた。

「たいていの小説家の生年月日と享年なら、ほとんどここに入れてるんですわ」と男は食べかけに湿った割り箸の先をこめかみすれすれに持ってきた。「うちの大叔父は実際、百歳間近でしてなー。そこで今から百年前、一九一六年前後に生まれた小説家を思い出せば、口ごもることもあれしまへん。顔に出るんは、過去の記憶を頭から引っぱり出しとる色ばかりや。わざわざ和暦で大正八年と言うたんは念には念をの小細工やけども、あんさんには通用しませんでしたな。いやはや、知識のある方には敵いまへんわ」

そんなことはありません。大体わたしはサリンジャー以外の生年月日は誰ひとり言うことができないんですからねとかしこまりながら、わたしはこの男を好きになったり信頼したりという芸当はできないまでも、この男が今まで出会ったこともないタイプの興味をひく人間であることは疑わなかった。わたしは、その能力が本物かどうかを見極めるために、作家の生年月日を知りたがった。マーク・トウェインはいつであろう？　ゴーゴリは？　フローベールは？　魯迅や二葉亭にピンチョン、リチャード・パワーズは？　川上弘美は？

「Mark Twain は一八三五年十一月三十日、Николай Васильевич Гоголь は一八〇九年四月一日ですわ」

事によるとロシア語も扱うかもしれぬこの男によると、フローベールは一八二一年十二月十二日、二葉亭四迷は一八六四年四月四日、魯迅は一八八一年九月二十五日、ピンチョンは一九三七年五月八日、パワーズは一九五七年六月十八日、川上弘美は一九五八年四月一日、以上がそれぞれの生年月日ということだった。わたしは、自分とリチャード・パワーズの誕生日が同じであることを初めて知りほくそ笑みながら、川上弘美まで答えられては、その能力に疑いを持つわけにはいかない。もちろんそれすら嘘だという可能性も考えないではなかったが。

でもですよ、そんなに記憶力が優れているなら、ご自身の大叔父上の生年月日だって覚えられるんじゃないですか。何もいちいち小説家に当てはめて嘘をつくこともないでしょうとわたしは素朴な疑問を口にした。その頃には顔の熱さは去っていた。

「興味の持てへん人間の生年月日を覚えるのは手間ですわ」と男はこともなげに言い、苦々しい顔の前で手を振った。「政治家でもないんやし割に合いまへん。わしは単なる読書家、あんさんと同じ穴の狢でんがな」いとも簡単に言葉を切り上げ、男は大叔父上の方にいやらしく目を流した。「ところでおとうさん、腹へってんのとちゃいまっか？」

大叔父上は男に声をかけられて驚いた様子もなく、鋭い目で相手を見上げた。わた

し と男が話している間も、彼は半分になったシウマイ弁当を何度も見ていたのだ。

「家を出るのが遅れましてな」と大叔父上は言った。「弁当を買う暇がなかったのです」

わたしは笑いそうになったが、男は同情の顔つきを浮かべた。

「そら、気の毒に」

「わたしも同じのを買うつもりでいたのですけどね」

「まさか、おとうさんも手荷物に一家言あるタイプでっか？」

「いや、わたしの場合、単に好物なのです」

「そうでっか」男がわたしを見た。「ちょっと、差し上げてもかまやしまへんか？」

問われてわたしは頷いた。家に上がった訪問者が物欲しそうなペットにエサをやるのを許可する、そんな感じだった。

「これから豪勢なランチでもあったら事ですからなー」

大丈夫ですよと言うと、男は流麗な箸の動きでシウマイをつまみ上げた。

「さあ、わしからのささやかな誕生日プレゼントでっせ」

これはわたしの予想と違ったのだが、男はためらいもうかがいもなく大叔父上の口元までそれを運んだ。小さな老人は、これまたわたしの予想と異なり、雛のように素直に口を開けた。小じわの走った口とほとんど同じ大きさのシウマイを一度、外からでも形のわかるほど頬張り、それからゆっくり咀嚼した。わたしは新天地での大叔父上の行く末を見たような思いがした。

結局、大叔父上はシウマイ二つと玉子焼き一つ、俵むすび三つにありついた。入れ歯らしい白く整った歯が現れては隠れる頼りない咀嚼のたびに、わたしはこの身内を恥ずかしく思った。

とはいえ、わたしが気に病む必要はない。遠足の引率でもなし、相席になった男の厚意に甘えて弁当を貰うも貰わないも本人の、まる七十六年も生きてきた老人の自由ではないか。男は食事の様子をニヤニヤ見つめていたが、これがこの男の慈悲深い笑顔なのかも知れなかった。おそらく、男が持ち合わせている笑顔はそれ一つなのだろう。

3

ここでしばらく旅路を中断し、男の口から出た「読書家」について書いておきたい。

世間一般の言い方に当てはめるなら、わたしはささやかな読書家ということで間違いなかろうと思う。しかし、読書家というのも所詮、一部の本を読んだ者の変名に過ぎない。

わたしには読んでいない本がある。

自分が落ちる羽目になる陥穽《かんせい》は、今し方現れることを拒めなかった傍点の集合体に違いないと確信しているが、それは万人が今もその底にいる落とし穴と言って差し支えない。特に相席の男のような不可解な人物に出会った時、この穴の闇の暗さは深刻なものとなってくる。

柄谷行人の『近代文学の終り　柄谷行人の現在』には、ある界隈では有名な論争に対する言及がある。

『日本近代文学の起源』に関して、この間に経験してきたのは、私の仕事から実は影響を受けているのに、影響を受けたことを隠すために、西洋の著作を持ってくることです。その手口はわかっています。たとえば私が「児童の発見」を書いたら、フィリップ・アリエスの『子供の誕生』を参照の枠組に持ってきて、こともあろうに、私がその真似をしたというのです。しかし、私はいまだにアリエスを読んでいない。腹が立ったから読まなかった。読んだほうがいいに決まっていますけどね。

事の真相はともかく、最後の一文にはかなり興味をかき立てられるものがある。そう、読んだほうがいいに決まっている。欲をかくなら全ての本を、様々な理由をのさばらせているよりは、一冊残らず読み干せばいい。実際、人類は紛れもなく全ての本に目を通してきた。しかし、個人はろくに本を読めずのたれ死ぬであろう。読書家を名乗るには過酷な時代が今も進行しつつある。

しかしながら、誰かがわたしの読んでいない本を読んでいるという傍点がつくる落とし穴にはまりながら、一方で、個人的塹壕＝タコツボとして利用し、しまいには墓穴としての活用を余儀なくされるその壁面に、浅ましさと美しさの斑を描く読書家の矜持が存するのも事実だろう。その底においてわたしは、ここが落とし穴に過ぎないことを限りなく明晰に意識し続けておきたいとふさぎ込む、どちらかといえば少数派の人間の一人であることを自負している。それを証明したい余りに、喜んで酸欠に陥りたがるせいで、文章が過呼吸の様相を呈してくるというのがわたしの慎ましい自己分析だ。

ちなみに、「過呼吸」によって引き起こされる症状には、ウィキペディアによれば以下のようなものがあるという。

「息苦しさ、呼吸が速くなる（呼吸を深くすると胸部に圧迫を感じる）、胸部の圧迫感や痛み、動悸、目眩、手足や手指、唇の痺れ、頭がボーとする、死の恐怖を感じる、パニックになる、（まれに）失神」

……これはまぎれもなく、読書がもたらす諸症状ではないだろうか？　少なくとも、読書家を自任するのであれば、そう信じ込むべき以外の何物でもないのではないか？　正直にいって、近頃の――特に「文学」の――読書家たる我々は、何かしらの宣告を切望しながら、待合室で本をだらだら読んでいる限り時間を引き延ばしてもらえると信じ込んでいる図々しい患者に過ぎないのではないかと、くよくよしてしまうことがある。いざ宣告が済めば、その内容如何では事をなす覚悟もあるが、宣告者不在のゆえに転機が訪れる兆しはなく、結果ここにいるのは、時折、過呼吸に陥るのをいいことに権利を主張する、ひょうきんな患者もどきだけになる。医者がいなくて患者が務まることはない。

畢竟《ひっきょう》、ホメオパシーめいてくるその応急処置風景といえば、例えば、かのフランツ・カフカが「僕は、およそ自分を咬んだり、刺したりするような本だけを、読むべきではないかと思っている」と手紙に書きつける一方で、ギュスターヴ・フローベールが「『芸術』において最も高度（そして最も困難）であるとぼくが思うものは、笑わせることでも泣かせることでも、発情させたりかっとさせたりすることでもなく、自然と同じような働きかけをすること、すなわち夢想に陥らせることです」と愛人への手紙に記し、実況中継が如く『ボヴァリー』の進捗を知らせ続けるその様を目ざとく見つけたか知れないジェローム・D・サリンジャーが、小説中で超越的自殺者の身を借り、『マダム・ボヴァリー』を傑作と認めた上で「彼の手紙は読むに耐えないものだ」とやり始めるという具合の、言葉だけが虚空を往来する小田原評定である。サリンジャーは『マダム・ボヴァリー』を、ルイ・ブイエやマクシム・デュ・カンが「すぐれた」文学的助言によって書かせたものだと小説に記しているが、わたしからすれば、彼らが原理的には同じことへ言及しているのだとしても、みんな結構なことですとかしこまるに尽きるのかも知れない。いついかなる誰の文章を取り出しても、それは読者が読まなかった他の数多の文章に高度に希釈されている。これを、ホメオパシー治療に用いられる悪名高いレメディーのわずかな原物質のように感じてしまう時がないわけではないのである。

だから、わたしは前段落に登場した者たちの書に触れて過呼吸を催し、（まれに）失神したことだってあったかもしれないが、彼らの誰もが医者にはなりえず、今なお、たらい回しにされ続けてこの穴底にいる。さあどうしたものかとあれこれ調べてみると、ウィキペディアの「過呼吸によって引き起こされる症状」の項には、あらかじめ、以下の文言が付されていたようである。

「直接的にこの症状が起因して死ぬ事はない」

誓ってもいいが、この一文こそが、我々の読書を後ろ暗い恥ずべき体験にしかねない最大の原因なのだ。死ぬ危険のないことに命を賭したつもりで甘美で不穏な時間を過ごしたり過ごさなかったりするような行為の詳細をむざむざ開陳できる恥知らずの読書家を、わたしは世の中に認めるつもりはない。待合室にいるのは、一人残らずみんな偽者である。

そういうわけで、わたしが赤の他人から読書家と喝破されたことは、というよりも喝破される状況に自らを置いたことは、これまで一度としてなかった。せいぜい、インターネットに読書記録をつけ、誰も訪れないブログにこのようなことを書き募るだけだった。しかし、男の横でわたしは早、思いもかけず読書家然と腰掛けている。それは、何の屈託もなく弁当を分け与えてもらう無様な老人の態度に似ていたとさえ思うのだ。

4

男は弁当を食べ終えた。元通りにたたんでビニール袋に入れて鞄にしまうその手は、再び外へ戻ろうというとき、わたしの警戒をよそに一冊の本を伴ってきた。書店でもらう紙のカバーがかけてある。

何を読んでいるんですと社交上の自然から訊くと、男が意外そうな顔で振り向くので、わたしは慌てて、差し支えなければでよろしいのですがと言い添えなければならなかった。普段はこんな愚かな質問はしないのですが、あなたのような人だと、少しばかり気になるんです。

男はわたしを気遣うように何度も頷いた。「お察ししまっせ。わしかて、あんさんが本を取り出していたらそうしましたわ。ほんでこれはきっと、あんさんのような人と語り合うにはなかなかおもしろい代物でっせ」

熱っぽく聞かせる男は、わたしに見せるように本を開いた。

あっとわたしが思わず声を出したのは、かなりヤケの見られる紙面の余白に、太く硬い、黒々としたヒゲが所狭しと並んでいたからだ。毛根はどれも丸々太り、一端にこびりついた白濁脂で紙にくっつきながら浮き出たようになり、印字とは異なる、どこか危険と嫌悪を伴った注目を強いてきた。閉口した。

「おそらく、前の持ち主が読書の最中に、顎ヒゲを抜いては一本一本植え付けていったもんですわ」そう言って男はページを次々と繰っていった。「ご覧の通り、どのページにもびっしりです」

確かに、男の手で開かれたいかなるページにも、無精ヒゲと呼ぶにふさわしいバリエーションを見せてこびりついている。めくる拍子に小さな破裂音をぱらぱら立てて落ちていくものもあり、わたしは、こんなものをよく読めますねと眉をひそめた。

「何おっしゃいますやら。あんさんも読書家なら、こんな毛ほどのもんに気を取られてはいかんというんは百も承知でっしゃろ。まあ、重要なのは何が書かれているかだけやなんて綺麗事を言う気はあらしまへんし、けったいなヒゲの生えてへん本があれば喜んでそっちを買うんやけども、世の中にはやむにやまれずいう場合が往々にしてありますわなー」

男は伸びた背筋を折るようにして、大叔父上にも本を見せた。

「どないですか、おとうさん。わしはこれを荻窪のとある古本屋で三千円で買うたんですけども、それぐらいの値打ちがあるように見えまっか」

大叔父上は口元を少しくゆがめてさらなる情報を引き出そうとした。

「Sherwood Andersonいうて、一八七六年九月十三日生まれのアメリカの小説家ですわ。その――」

『黒い笑い』。わたしは先ほど中を見たときに頭に閃いた書名を一言、迷いの素振りもなく口にしていた。静かに震えた自尊心の奥に、いやな感じがあった。

「はー」と男は感嘆を吐きながら、おもむろにわたしに視線を向け、ふたたび大叔父上を見やった。「おとうさんの大甥さまは本物の読書家ですわ」

そんなことはありませんよ、これもたまたま知っていただけですとわたしは首を振った。少し得意になっている自分を認めながら。

「こんな古い絶版本を知っとるいうことはもちろん、たかだか数十秒間に、このどぎついヒゲやなしに文章に目を通して、わずかな手がかりからタイトルを導きだすなんて、並の人間にはできない芸当でっせ。空谷の跫音《きょうおん》を聞いたような思いですわ。実は、わしはここにあるタイトルも慎重に隠しながら見せとったんですけども」

男が本の左上隅に置いた指を離すと、『黒い笑い』という文字が現れた。さらに男が奥付を開いて何か確認しようとするのを察したわたしは、すでにいくらか心を許していたせいだろうか、肩を寄せてのぞきこんだ。

「初版は一九六四年です」肩を寄せ返し、わたしにもそれを確認させてうなずいた男は、大叔父上の方にも示した。「おとうさん、本には酸性紙と中性紙があって、今やと傷みにくい中性紙が使われるんやけれども、この時代はどれも酸性紙ですわ。経年劣化で目も当てられまへん。本は未来永劫残るやなんて言うけども、何があるやらわからしまへんし、眉唾もんや。とにかくこれに、人の手垢どころか、どこの馬の骨とも知らん男の糸引いて抜かれたような顎ヒゲがざっと千本ほどついて、三千円。さあ、おとうさん。買いまっか」

大叔父上はすぐさま首を弱く振った。

「そうでっしゃろ」と男はひねた笑みを浮かべ、本の縁をつまんでいる指を上下にこするように動かすのだった。「しかし我々のような世に紛れた本物の読書家にかかりますと、需要と供給を鑑みて、さもありなんという値段に変わりますんや。そして、こんなもんを人目につかんように肩身を狭くしてちびちび繰り返し読み進めて、思うことといえば世の中の役にも立たん、愚にも付かん戯れ言ばかりですわ」

　男の演説を聴きながらわたしは、心中ひとしきり相づちを打っている自分に気がついた。

「わしは何とも言えずこの本が好きでしてなー。いつも鞄に忍ばせてますんや。人に見せるもんでもあれへんし、こうして大手書店のカバーで隠したったら、ごく普通の読書家に見えますやろ。それでちょっかいをかけてくるような似非《えせ》読書家には一発かますことにしとるんやけども、今日はわしの目論見もことごとく空振りですわ。たいていの輩はまずこのヒゲにショックを受けてもうて、書名はもちろん、下手したら作家も知らん、泣き面に蜂でキャン言うて黙りよるんです。Anderson なんて、そないに無名の作家ではあらしまへんのやけど」そこで男は言葉を切って、わたしを一瞥すると、大げさに首を振る姿を大叔父上に披露した。「ところがこのあんさんや。おとうさん、さっきの会話、聞いてはりましたか？　こんなもんよく読めますねとおっしゃいながら、こっそり文章に目を走らせて、タイトルを心に浮かべとるんですわ。いっそ白状すると、わしは今回はどうなるもんかと試すつもりで取り出しましたのやけど、ぐうの音も出ん完敗ですわ。おとうさん幸運でっせ。本来なら、我々のような本の虫は日陰者、こうしてお天道様の下で出会うことはありませんのや。いや、もしかしたら、おとうさんが幸運のそもそもなのかもしれまへんな。今日がおとうさんの誕生日でなかったら、この慎ましい御人は、わしの読んでる本について訊くこともなかったように思いますわ。我々は黙して語らず、電車に揺られてたに違いありまへん。そん時はおとうさんも空きっ腹でフラフラや」

愉快そうに口を歪めて笑う男の話を、大叔父上はきちんと聞いていた。実際、腹が満たされたせいかもしれないが、その顔はほとんど真剣であった。

それでやっと川端康成の手紙の一件を思い出したぐらいなわたしは、男の横顔へ唐突に、さっきの誕生日の話ですがねと声がけした。川端康成の生年月日はいつですか？

ああ、と急に話しかけられた男が一呼吸置いている隙に、窓際から声が飛んだ。

「明治三十二年、六月十四日」

無論、声の主は大叔父上であった。

5

　ところで、わたしが題名を言い当てられたのは、スポンジという登場人物の名にあった。この楽しいファースト・ネームの持ち主の筆頭はスポンジ・ボブであるが、「スポンジ・ボブ」のノベライズだと信じるにはその本は古すぎた。

『黒い笑い』のスポンジはオールド・ハーバーの車輪工場で働く小さな老人で、女房と暮らしている。息子は小さいときに汽車に轢かれて死に、娘はあばずれに育って出て行った。彼の工場には、元新聞記者のブルース・ダドリーが流れ着いて働いている。

　ブルースは書くことについて、かなり穏やかに、くり返し考える好ましい男だ。彼はこの町にひとり流れ着く前、シカゴにいた。そこへ置き去りにしてきた妻のバーニスもまた、新聞記事や小説を仕事にしていた。

ブルースは、妻と一緒に出かけて、シカゴの知識人と芸術家の仲間入りをするとき、何もいえなくなってしまうのだ。ダグラス夫人という金持の女は、田舎にも町にも家を持っており、詩や戯曲を書いていた。その夫は大の財産家で、美術品の鑑定家であった。それから、ブルースの新聞社に勤めている連中も沢山いた。午後になって、新聞が印刷に回ると、彼らは、ユイスマンスだ、ジョイスだ、エズラ・パウンドだ、ロレンスだといって話しこむのだ。まくしたてて話すことを非常な誇りとしていたのだ。こういう連中は、いかにまくしたてるかを心得ていた。小さなグループがシカゴのいたるところに集まっていて、言葉の専門家、音の専門家、色彩の専門家の話をしている。ブルースの妻のバーニスは、彼らをみんな知っているのだ。絵と音楽と創作についての、いつ果てるとも知れぬこうした大騒ぎは、一体何のためなのか。これには一理あるのだ。人びとは、芸術の問題を、そっとしておくことができない。誰か何か書く――それもブルースのきいたことのある作家の技術をちょいとまねるだけのことで――そんなことはむずかしいことではないと彼は考えるのだが――書き上げたからといって、別に何ということはないのだ。

社でのブルースは、周囲の人間につまらぬ男と思われながらも、仕事ができることで知られていた。「事件の核心をつく」ようなところがあるというのだ。新聞社デスクのトム・ウィルズという男は、人畜無害なブルースを気に入っていた。飲みに誘い、自分は本当は小説や戯曲が書きたいのだと打ち明ける。何を書きたいかといえば、今や君にも自分にも新聞社にも町にも州にもアメリカという国にもはびこっている「無気力について」だと言う。そして同時に、書きあぐねていると言うのだ。ブルースはそれを面白く聞いた。

彼自身は、トムが無気力だとは思わなかった。人間に気力のある証拠は、話をする時にすっかり夢中になるという事実にみられると思っていた。何かに夢中になるには、その人間が何かを持っていなければならない。夢中になる原動力がなくてはならない。

わたしはこの「夢中になる原動力」なるものを、相席の男にはかりかねていたのだが、車内ではそのことを思わなかった。ブルースはトムとの会話を思い返しつつ、自宅で妻バーニスと食事をとりながら、その背後にかけてある肖像画を眺める。それはドイツ美術にかぶれた画家の青年がバーニスを描いたもので、「色の太い線で描き、口は少し片方に曲げてあった。耳は片方が倍の大きさになっていた。これはゆがみのためのゆがみであった。」という類のものだ。

青年画家とバーニスは不自然なほど親しくしていた。家で二人きりで話しているところに、社から帰ってきたブルースが鉢合わせたこともあった。

バーニスとあの若造の間に何かあったのかな。彼にはそんなことはどうでもよかった。

あとになって、彼は肖像画について考えた。バーニスにきいてみたいと思ったが、思い切ってきく気にもなれなかった。彼がききたいと思ったことは、あの肖像画のような顔に、なぜ描かせたかということであった。

「芸術のために、というわけなんだろう」と思って、あいかわらず微笑を浮かべていた。
ブルースはこの「芸術のために」という言葉をくりかえし頭によぎらせ、食事をしながら微笑を浮かべ続ける。妻バーニスはそれが我慢ならず、怒り出す。それでも彼は考える。「一体芸術とは何なのだ」と。

結局明らかなことは、トム・ウィルズにかんする限り、彼は、本当のところ、ブルースの知っていた他の誰よりも、もちろんバーニスや彼女の友人たちよりも、ずっと芸術を愛していたのだ。ブルースは、バーニスや彼女の友人たちのことについては、よくわかっているとか理解しているとは思わなかったが、トム・ウィルズについては、わかっていると思っていた。この男は完全主義者だった。彼にとって、芸術は現実の外にあるものであり、愛情に充たされた謙虚な人間の指先きを通して、物事の現実にふれる香り――まあそんなものであった。おそらく、芸術とは、男が、男がいだいている少年の心が、自分が持っている豊かな美しいもの、心と想像との産物を贈ろうとする、美しい恋人のようなものなのだ。

トム・ウィルズが恋人に与えようとするものは、彼にはとても貧弱な贈物のように思えるので、彼は、贈物をしようなどと考えたことを恥じているのだ。

わたしの考えでは、『黒い笑い』を愛読書に数える過程において、こうした芸術論にも満たない肩身の狭い逡巡が立て続けに書き込まれる一～六章を素通りすることは難しい。それは、同じ作者による『ワインズバーグ・オハイオ』を読むとき、セス・リッチモンドの現れる「物思う人」の章を素通りするのが難しいのと同じく、わたしのごく個人的な嗜好によるのだが、ブルースと立場をともにするか少なくともおもしろがれなければ、こんな小説をくり返し読めるはずはないだろうとわたしは考える。実際のところ、今日これをおもしろがるのは極少数の人々と思われ、端的に言ってこの本は完全に忘れ去られている。しかし、こうしたうすのろな芸術懐疑論が冴えるのも、忘れ去られたからこそのこと。人間、全てを忘れてただ読むことなどできはしないのだ。

芸術ほどつらいものはないということが、事実としたら、どうだろう。全般的にいって、体力の弱そうなタイプの人たちが芸術に熱中する、ということは事実だ。彼のような男が、妻と一緒に、いわゆる芸術家の仲間入りをして、芸術家が大勢集まっている部屋に入った時の印象は、男性的な力やたくましさではなく、全体的にいって、女性的なものであった。トム・ウィルズのような、がっしりした大男たちは、できるだけ芸術談義から、遠ざかろうとしていた。トム・ウィルズは、ブルース以外の相手と芸術論をやったことは一度もなかった。それも、お互に数カ月も知りあうようになってから、初めてやり出したのであった。

言葉に対する貧乏性を自認しているわたしを待ち受けるのは、読むにしろ書くにしろ、多くの言葉の浪費という結果である。ご覧の通り、寸鉄人を刺すという具合にはとてもいかない。しかし、ようようここまで辿り着き、すっかり塹壕の体をなしている場所に息を潜めながら、そこで読むにはうってつけのこの小説について、ようやく一つの告白を差し挟むことができる気がしている。

これまでにわたしが最も多く読み返した本は——いや、慎ましやかな言い方は避けよう——わたしの愛読書は、シャーウッド・アンダーソンの『黒い笑い』、相席の男と同じである。

車内のわたしは、この章にあてた多すぎる引用が文の要領をなさずに頭の中に渦巻いていたせいで、ちょっと不用意に、体格のいい相席者をほとんどトム・ウィルズと同じに見始めているようだ。

誓ってもいいが、「本物の読書家」はそんな失態を犯さない。小説の登場人物たるトムとブルースが互いを値踏みし警戒を解くために費やした数ヵ月を、たかだか一冊の本を合札にして数分で済ませるなど、あってはならないことなのだ。「本物の読書家」とは、この動かしがたい真理を間違っても動かさないよう、奇跡的な頑なさで目を背け続ける者の名前だとわたしは断言する。

6

日本初のノーベル賞作家の生年月日を口にしたことで、大叔父上は男の好奇の目にさらされることになった。それでも、穏やかな笑みがその顔から消えることはなかった。

「ようご存知でんなー。川端康成がお好きで？」

それどころではないと心の内で思った。この老人は川端に手紙をもらったのだ。この他愛ないお誕生日クイズによって、わたしは川端康成の手紙が大叔父上の懐にあることを確信した。しかし、わたしは軽く握った手を口元にあてながら頭に計算を巡らせるだけに留め、じっと様子をうかがっていた。

明治三十二年といえば一八九九年、大叔父上が今日で七十六というなら、一九四〇年生まれ。年が離れたこの人物に、川端康成がどんな手紙を送るというのだろうか。ファンレターの返事がせいぜいだろうと考えながら、何も知らない男を思うと胸がすいた。

返答はない。男はしびれを切らせて、へへへと笑った。「黙秘権いうわけでんな。かまいまへんで」何度かうなずき、機嫌を損ねるわけでもなく言う。それからスーツの左肘をつまんで軽く引きながら腕を伸ばし、かつ曲げて、腕になじんだ時計を指さした。「高萩まで行くんなら、いったん水戸で乗り換えますやろ。今、十二時十八分やから、水戸までちょうどぴったり一時間四十分でんな」

あなたはどこまで行くんですとわたしは尋ねた。ほっとするような話題だった。いかに気が乗ろうとも、これまでのわたしの長年の習慣が、居心地の悪い文学の話題を遠ざけようとしているのがわかった。

男は『黒い笑い』を膝の上に置いてこちらを向いた。「まあまあ、落ち着きなはれ。わしかて、こんなに興味をかき立てられる道行きは初めてで武者震いしてますんや。すんまへんけど、お名前教えてもろても？」

わたしはさりげなく身を引きながら口ごもり、やっと、どうしてですかと答えた。

「どうして？」と男は訝しんだ。「こう膝を合わせながらお互いの名前も知らんのは不便なことですわ。何も不自然なことはあれへん。ほんまはもっと早うに自己紹介すべきでしたけど、わしは田上いいますねん」慣れた様子で内ポケットに滑りこませた手をそのままにして続ける。「今手をかけとる名刺の一つも出せば早いんやけども、こんなもんは線香の心張りですわ。我々の親交を深めるのに何の足しになることが書いてあるわけでもおまへん。これはお互いにそうでっしゃろ？」

わたしも自分の暮らし向きは言いたくなかった。そうですねと首肯してから、わたしは間氷《まごおり》といいますと本当を言った。もちろん嘘をつく理由もなかったが、心を許してなお、そんなことを頭によぎらせるような胡散臭さが男にはあった。

「となると『馬』に郡山の『郡』と書く、あの馬郡でっか。珍しい名字でんなー」

その胡散臭さは終生この男から消えることはないだろうと思いながらわたしは声を落として、いえ、時間の「間」に氷水の「氷」と書くんですと訂正した。

「ほな、間氷期の『間氷』と書くわけでっか？　そんな名字、初めて聞きましたわ。格好よろしいなー。ひょっとして、おとうさんも同じ間氷はんで？」

大叔父上は母方だから名字は異なって、岡崎という。しかしこの老人は、ここでも沈黙を貫いた。それでも目つきは会話への意志を失ってはいない。男もそれを受け入れたか、名前のことはそれで終わりになった。

少しくたびれて車窓を見れば、まだまだ気の詰まる見慣れた建物の群れである。わたしは高萩に行くことが決まってから、のどかな田舎の風景と海を電車から見ることを楽しみにしていた。こんなことになるとは思いもよらなかった。

「わしはお二人と袂を分かつまでに、おとうさんの川端康成への熱い思いの丈を必ずや聞き出してみせまっせ」言いながら男は御役御免となった『黒い笑い』を鞄にしまった。

それであなたはどこへ行くんですかとわたしは再度訊ねてみた。

「それは、わしが不利になる情報やよってに伏せさせてもらいますわ。もうちょっとの辛抱やと思たら人はがんばれるもんでっしゃろ。そんなんでただでさえ固い口をつぐまれたらたまりまへん。目的の駅に着いたら勝手に消え失せますわ」

でもあなたは水戸着の時間を一時五十八分だとご存知でしたから、とりあえず水戸までは行くのでしょう。途中で降りるのに先の駅の到着時刻を知るわけもないですからね。

男の動きが止まったのを見てわたしは得意になりかけた。心のどこかで、どんな些細なことでもいいからこの男をぎゃふんといわせてやりたい、もしくは認めてもらいたいと願っていたのかもしれなかった。

「間氷はん、名探偵ですわ」男はまっすぐ前を見て、感嘆を思わせる熱い息混じりの声で言うのだった。「せやけど、さっきアナウンスがありましたんや。ちょうど間氷はんが小説家の名前を次々あげて、わしがなんとか脳漿しぼって答えとる間でしたかなー。各駅の到着時間を、車掌が、まあ確かに聞き逃しかねない、えらい小さな通りの悪い声でしたわ。そこで水戸駅の到着は一時五十八分やと、はっきり言うてはったんです」

そんな記憶はなかったが、発車の前後に似たようなアナウンスを耳にしていたから、ありそうな話だった。間抜けな指摘をしたものである。男が赤面しかけているわたしに顔向けしながら巧妙に視線を外しているのがまた辛い。一方、大叔父上がわたしを穴が空きそうなほど凝視しているのだ。憎い。そう思った。

「せやかて、それでわしが水戸で降りひんっちゅうことにはなりませんわな。まんまと水戸で降りるかも知らん、その先まで行くのかも知らん、事によっちゃもっと手前かもわからん。とにかく、そういうことでっさかい。なんやおもろなってきましたなー」

男の余裕に、わたしのこのまま会話を終わらせたくないという意地が太った。首筋の熱さに手の平をあてて冷ましながら、確かにと前置きして食い下がる。もし水戸まで行くなら、あなたが特急を使わないのは妙だと思っていたんですよ、そんなたかだか数千円のお金を惜しむような人とは思えないし、どうしてわざわざ鈍行にお乗りになるんだろうかとね。

「それはわしの質問やがな」と言った男はやっとわたしの顔を見た。へへへというい やらしい笑いのうちに口角を横に広げてみせ、通路側の肘掛けの先を指でひとまわり 軽く撫ぜる。「高萩まで行くのに特急を使わん方が妙な話でっせ？　杖ついたご高齢 のおとうさんと一緒ならなおさらや。でもこれは間氷はんに言うべきこっちゃないん でしょうなー。詮索はわしの趣味やないけども、お二人の深からぬご関係から察する に、間氷はんはどうやったっておとうさんの付き添いで引っ張り込まれたようにしか 思えませんわ。せやから鈍行で高萩まで行くんを決めたんは、十中八九おとうさんっ ちゅうことになりますわな」そこで男はアップに固めた前髪から頭頂部までを強くな でつけた。一瞬隠れた目元がひらけたとき、その視線はわたしを外れて大叔父上の方 にあった。「身なりも整ったもんやし、なるほど、たかだか数千円の金を惜しむとは 思われへん。せやのに、特急には乗らなんだ。わしはこの点に、おとうさんを知る上 で何らかのヒントがあるんやないかと邪推しとるんやけど、おとうさん、わしの推理 どないでっか？」

男の言うことは全て当たっていた。わたしはずいぶん楽観的でいたが、大叔父上は どこか憂いを帯びた目つきで男を見据え、一大決心をするような感じであった。わたしはこの人のことをぜんぜん知らなかった。

「また黙秘権でっか？」

責めるような一言で、わたしは少し気が晴れさえしたのだ。

電車がちょうど柏駅に着き、ドアが開いた。人の出入りがあるのと同時に、なんとなく眠気を誘うような気抜けた発車メロディーが車内にも流れ込んでくる。階段へ流れていく人波が車窓を埋めるその前で、二人は互いに目をそらさずにいた。

ドアが閉まり、だいぶ空いた車内が一瞬しんと静まり返った。

「あなたにも、振り返っておきたい思い出の一つくらいあるでしょう」

そんな返事を発車前のほんのひと時の静寂のうちに差し挟んだ大叔父上は、男から目を離さぬまま、何か意志のこもった咳払いを打った。電車がゆっくり動き出した。

7

母からのメールによれば、大叔父上を高萩まで送るにあたり、四点だけ留意してほしいということだった。以下のようなメールがきたのだが、こんな体裁のものは母から届いたことがないので、わたしは少なからず驚いた。

・特急電車を使わないこと（本人の希望）
・ホームには三時に高萩駅に着くように言ってあるので、十一時五十二分の快速勝田行きに必ず乗ること（乗り遅れたら相当遅れることになるので注意）
・本人をボックス席の窓際に座らせてやること
・高萩駅に着いたら、迎えの車を駅前広場で待っておくこと（引き渡したら帰ってもいい）

この路線は、大叔父上が生涯にわたって何度も通ったところである。仕事の都合や遊びに出る際、東京に出てくることも幾度もあったであろう。そして、この下り電車が取手《とりで》駅から先はほとんど空席だらけになることも心得ていたはずである。身体が悪いとはいえ、耐えられぬというほどでもない。

大叔父上は過去について語ろうとしており、特急に乗らなかったのは、川端康成からの手紙について、わたしに打ち明ける時間を余分につくるためであったろう。

ところが予想に反して第三の男が現れた。大叔父上は迷っているのだ。老い先を考えれば、この先に同じような機会はまたとあるまい。不測の事態にも、話をしないわけにはいかないが、問題の手紙をどうするか。

見せないなら見せないで構わない。寡黙に生きてきたであろう老人のやむにやまれぬ哀れにふれて、またそれを男が知り得ぬことをよく味わって、この時わたしはいくらかの余裕を持っていたはずである。

8

答えを引き出した男に表情を変えるような甘さはなく、ただ手をこまねいて大叔父上の方に体を傾け、そこはかとない敬意を匂わせるばかりであった。わたしはこの男に大叔父上が全てを打ち明けるのも時間の問題だと思いながら、電車が駅を離れ、加速するのをおもしろく感じていた。

「そうでんな」やっと男が口を開いた。「わしのような若造でしたら一つで済むでしょうけども、おとうさんではそういうわけにもいかんのやないですか」

「一つで済みます」と大叔父上は言うのだった。「二つを同時に思い出せる人間はいません」

「彽徊《ていかい》の境地ですなー」と男は言った。「確かにわしも、二つのことを同時に思い出した記憶はおまへんわ。ほなおとうさんは、この常磐線でたった一つ、何の思い出を振り返らはるつもりなんでしょうなー」

大叔父上は答えず窓際に立てかけていた杖を取った。足の間に立て、組み合わせた両手を落ち着かせた。そして、もうここまでだという風にゆっくりと車窓の方に顔を向けた。

男は前傾姿勢のまま、わたしの顔を見上げるように振り向いた。「こら拙速でした」と後悔する風もなく言って、組んだ腕の脇下から手だけを抜いてわたしの顔を指さす。「別に、間氷はんが教えてくれてもええんでっせ?」

わたしは本当に何も知らないんですよ、それこそあなたと同じくらいにしかと伝えると、男の残念そうな顔は、元の位置、わたしの真横の高いところに戻って見えなくなった。

「なんでもいいんですわ。この旅の目的でも」

旅ではないという言葉が思い浮かんだせいで、わたしの返事はちょっと遅れた。

「もちろん、ほんまに旅ならの話ですけどもね」

色に出たかもしれないわたしの動揺を知ってか知らずか、男は続けた。

「泊まりがけなら、どうにも荷物が少ないなと思ってましたんや。二人ともそないに小さな肩掛け鞄一つで」わたしが脇にしまいこんだ鞄を指すこれといった動きもなかった。「高萩にご親戚でもおられます？」

いや……とわたしは気をつけて間を取った。困っているのはわたしばかりだ。そんなの、ホテルに荷物を送っているかもしれないでしょう。

「そうですなー。確かに二人分の荷物を持つのは難儀なもんや。ただ、間氷はんがそこまで綿密に準備をしているとは、とてもやないけど考えられんのですわ。さっき、わしはおとうさんにシウマイ弁当を分けましたやろ。その時、この後の昼食の予定を訊いたら間氷はんは大丈夫だと言いましたんや。おとうさんは弁当を買う暇がなかったと言うてはったけども、ぎょーさん召し上がらはって、ほんまに腹を空かしとる様子でしたのー。あれを食べなんだら、とても二時間もつようには見えまへんでしたわ。ここでわしは、お二人が事前に昼メシの話をしてへんいうことと、高萩に着いてから一緒にメシを食う予定があれへんいうこと、この二つを了解したわけや。食事に関してこんな有様なら、荷物のことは推して知るべしとちゃいますか。おとうさん、倒れてたかもわかりまへんで」

わたしは自分と同じように昼食を済ませてきていると思ってましたし、我々は着いてすぐに別れる手はずになっているんですよ、だから着いた後の予定なんてないのです。弁解したいあまり、いらぬことを口走った時にはもうすでに遅かった。

「はー、お二人は高萩でお別れでっか」男は揚げ足をとったことを示すまでもない暢気な口ぶりで言った。

わたしはだから、実際そうなのだが、そんなことは意に介さないとばかりに、あなたには感謝していますと続けた。わたしの不注意を助けてもらったんですからね。食事のことは良く考えるべきでした。わたしは大叔父上の方も見なかった。

「かまへん、かまへん。袖振り合うも他生の縁ですがな。それよりも、高萩でおとうさんがどちらに行かれるんかもう少し教えてくださいや」

ただの付き添いですからとわたしは言った。さすがの男も、今からコレが老人ホームに送られるものとは思うまい。あと一時間だか二時間だかわからないが、それだけの辛抱だ。男がここに居る限り、大叔父上が川端康成を持ち出すこともなさそうだから、手紙の秘密をあえて知りたくもないわたしにとってはますます都合がよくなったわけだ。大叔父上と話すよりは、男と話している方がましである。

「おとうさん、洒落た格好して、高萩にスケでもいるわけじゃありませんでしょうなー」

そう言って無視された男がひきつけのように笑ってから、しばらく誰も喋らなかった。きっとこの場を楽しみたいだけの男にあせった様子はない。通路に首を差し出すようにして、悠々と車内を眺め渡している。

わたしと大叔父上は向かい合わせでまた同じ景色を眺めた。だらしなく広がった利根川を渡って茨城県へ入る。晩秋の土手は、夏の終わりに刈られたのだろう、寒風に揺らぐ草丈もなく、薄黄色にただ塗られたように陰影がなかった。そこに立って、こちらを見下ろしている車内の大叔父上を見上げれば、もっと好感と情感を覚えるのかもしれない。ところが、弱暖房の効いた目の前で一応そちらに視線をくれて揺られているその人は、車輪が鉄橋を鳴らす轟音の最中に何かを懐かしむよりは、おそらく今後一時間半の身の振り方を考えているような切羽詰まった感じがあった。先ほどから車内に遠く、川を喜ぶ子供の高い声が響いている。

9

フォークナーは『エミリーに薔薇を』でこんなことを書いている。

町じゅうの人が、買ってきた花の山に埋もれたミス・エミリーに最後の別れを告げようとしてやってきたし、彼女の柩台《ひつぎ》の上では例の父親のクレヨン画の顔が意味ありげにじっと見つめており、婦人たちはぞっとしたようにひそひそ声で話しあっていた。そしてたいへん年のいった連中は――その中のいく人かはブラシで埃を払った南軍の制服を着ていたが――ポーチや芝生の上で、ミス・エミリーがまるで自分たちと同時代の者であったかのような口ぶりで彼女の話をしあい、彼女とダンスをしたり、おそらく彼女に求愛したと思いこみ、老人たちがとかくするように、数学的に進行する時間というものを混乱させていた。彼ら老人にとっては、あらゆる過去がしだいに先のせばまっていく一本の道ではなく、冬が一度も訪れることのない広々とした牧場なのであり、最近の十年という狭い道路によって、現在の彼らからへだてられているものなのである。

こうして老人たちは懐古の宛先をわかりやすくしてしまうのだろうか。かわいそうなエミリーの葬儀に集まってきたアメリカ南部の老人じみたところ、大叔父上にもそれがあるように思われる。これは、茨城県北部という少なからず南部めいた場所で長年を過ごしたことと無関係ではないだろう。

この日に限っていえば、大叔父上は川端康成という焦点に事を収束させようとしているということになるのだろうか。しかし、おそらくは一通の手紙を担保に、現在の自分からへだてられた牧場へ川端康成を放ち、何十年の集大成とばかりにしみじみながめるなど、田舎者のすることにちがいない。

ましてや、大叔父上にはそれを馬鹿正直にながめる、田舎者の甲斐性さえないのである。それができたら彼の目に冬が訪れることはない。現在の車内に現れるこの人間関係に執心しているせいで、その瞳を暗くじめじめと濁らせることしかできない。

10

土浦駅を発つと蓮田が連なって続いた。収穫前の、立ち枯れて葉を落としたハスが所狭しと茎を突き出している寒々とした光景である。ところどころ、枯れた縁だけを巻き上げている燃え残りのような青葉に目がいった。

「あれはなんでっか」わたしの視線に気付いて外を見た男が興味深そうに言った。

男の質問を意外に思いながら、蓮田ですよと答えた。あれはそろそろ収穫です。

「ほんならレンコンですな。あんなもん何が美味いんですかなー」

あなたにも知らないことがあるんですねとわたしは素直に口に出した。

「知らんことの方が多いんですわ」と男はあっけらかんと言った。「しかし、あんな泥ずくのところに潜り込んで地下茎を掘り起こすんでっしゃろ。大変な仕事でんなー」

あたたかい地下水をくみ上げて出す機械があってですね、そのホースから高水圧で放出して、レンコンについた泥をはじき飛ばしながら、腰や肩まで浸かって作業するそうですよとテレビで得た知識で説明すると、男は席が空いて通路の方に組んで投げ出していた足を戻し、姿勢を正した。

「大変なもんですなー」と男は本当に感じ入った様子で外を眺めていたが、「おっ」と思わず出たような声をあげた。「まさにやっとりまっせ」

そこではグレーの作業着に身を包んだ背の低い男が一人、蓮田に胸まで浸かって動いている。あぜ道に置かれた機械からのばされたホースから吐き出されたのであろう強い水流に、ハスの茎や小さな水草が勢いよく流されて、黒々と膜を張ったような水面が広がっていくのがわかった。

「えらい重労働や」

「あんな機械ができたのはここ数十年のところです」突然、大叔父上が言った。「昔は水を抜いて、鍬を使って掘っていました」

「そら、ほとんど苦行ですがな」

男は久しぶりの発言に動じることなく返したが、深追いする気もないのか窓の外を興味ありげに見下ろし続けるばかりである。

「鍬で気休めに泥をよけながら、あたりをつけて探り、レンコンを傷つけないよう掘り出すのです」

いかにも懐かしそうに言う大叔父上がレンコン農家に関わったという話は聞いたことがない。ずいぶん詳しいですねと、わたしは男に協力する気もなかったが、ちょっと興味をひかれて言った。やったことがあるんですか。

「一度だけ」と大叔父上は窓を見たまま答えた。

「ほな、おとうさんがかなりお若い頃ですな」と男が言った。「いつやったか覚えてはりますか？」

「二十二になったばかりでした」と大叔父上はきっぱり言った。

「なかなかそんな経験ある人もおりまへんで。えらい興味深い話ですがな。さっきの振り返りたい思い出って、まさかこのことでっか？」

「あれです」答える代わりに大叔父上はつぶやいた。杖から左手を外し、その手の震えを止めようとでもするように、人さし指を窓へ押しつけた。「ちょうどあすこの田んぼに入ったのです」

男とわたしは思わず、えっと間抜けな声をあげてしまった。窓にわたしは顔を寄せ、男は立ち上がって手をついた。大叔父上の強張った関節の指は、手前にある、あぜ道に沿って台形をなしている一つの蓮田をさしているらしかった。

「何も変わっていない」と大叔父上は静かに言った。

そこも他の多くと同様にまだ収穫が終わっていなかった。電車がカーブにさしかかって速度を落とし、我々はゆっくり田を見送る。五十年も前に足を踏み入れた田が今も変わらずあってそれを眺めるのはどんな気分であろう。

「まあ半分自然みたいなもんですからな。そのまんま残ってますんやなー」男はだんだん低い中腰になり、わたしと大叔父上の間に顔をさしこんで子供のように追いすがって見た。「しかし、何の因果でレンコンなんか収穫することになったんでっか」

「ある農家の手伝いです」と大叔父上はつぶやいた。「さっきの土浦駅なら、わたしは何度も降りたものです」

間もなく神立《かんだつ》駅に着くというアナウンスがあった。わたしはまだかぶりつきで外を見ている男の陰から、収穫はどんな様子でしたと訊ねた。

窓ガラスと男の額の間に大叔父上が首を力なく振るのが見えた。

「泥にとられた足を始めに体が凍りついて、すぐにしびれがくる。動くことすらできない、目的のものがどこにあるかもわからない、鍬だってうまく使えない。使えばきっと傷つける。足手まといなだけです。元々役に立つはずがないとさんざん言われていました。それでも、負けじと続ければいずれ役に立ったでしょう。ただ、わたしも君たちと同じ文学青年だった。わたしは恥ずかしかった。何でも慣れるまでは馬鹿馬鹿しくて惨めなものです。もう来なくていいと言われて何も言わずに応じました。恥にはちがいありませんが、上塗りするよりマシだと思ったのです」そう言うと、大叔父上は視線を隣の男に移して力なく笑った。「あなたのような体だったら違いましたかね」

「んなこたありませんわ」と男は電車の揺れにも一切動じない中腰の姿勢を保ったま
ま、厚い胸板を斜めにひねって言うのだった。「おとうさんのおっしゃるとおり、農業は体軀よりも経験でっしゃろ。わしも文学青年の例に漏れず、恥はかきとうないタイプやさかい、結果は火を見るより明らかですわ。一面の泥から良し悪しもわからんレンコン探って大事に掘り出すなんて重労働、御免被りますわ」

とても本心とは思われないような発言をぬけぬけ放つ男に感心しながら、わたしはそれにしてもさびれた田園風景を悪くない気分で眺めていた。ところにふいに広大なコンクリートの更地が現れ、その片隅にぽつんと工場が建っている。男は依然として中腰のまま、どこか感心したようにそれを見上げた。工場が過ぎるとまた急に、存外しっかりした駅舎が現れた。電車が止まろうとする時、男はようやく席に戻って腰を落ち着けたが、口は止まらない。

「しかし、どうしてレンコンの収穫なんて手伝うことになるんですかいな。あんなもんズブの素人が太刀打ちできるもんやないっちゅうことは、やる前からわかりそうなもんでっせ。今のおっしゃい方やと、農業体験なんて甘っちょろいもんやなく、ほんまに収穫作業の一助になろうとおとうさんから提案したような感じでしたけどなー」

「その通りですとも」

「役に立つはずない言われたとおっしゃいましたけども、これを言うたんは、まあ、その農家の親父か何かでっしゃろ」

神立駅に停車している間も、わたしはこの会話をおもしろく見守った。言い方は丁寧だが、まるで警察の尋問である。

「ええ、その通りです」

「なら、それをおとうさんが押し切ってまでやらせてもらったいうことですわ。のっぴきならん事情が絡まんかぎり、こんな話は起こらんと思いまっせ」

確かにそうだとうなずきながらも、わたしにはこの話題が川端康成をたぐりよせるとは考えられない。それでも確かに口数が増えてきたことで男を喜ばせているはずの大叔父上は、表情を変えずに何度か鼻の下を指でぬぐった。押し上げられるたびに現れては消える細い皺は、魚のすり身のように血の気がなかった。

「さっきからあなたは探偵のようですな」

「えろうすんまへんなー」と男はすぐ言った。「小学生時代を孤独なシャーロキアンとして過ごした名残なんですわ。今日は十数年ぶりに童心に返ったようなもんです」

「わたしには、旺盛なあなたの人生の方がよほど興味深そうだ」

もっともなことだがはぐらかしにも違いない発言を受けて、やはり男はへへへと歪んだ笑いを浮かべた。「一言でいえば、孤低の人生ですわ。孤高の反対ですなー」と大叔父上の誘いを受けると、わたしに細い流し目を送る。

太宰ですかとわたしが応じると、男は大叔父上に顔を戻して精一杯にんまりと笑い、その下でまったくだしぬけに、わたしの膝に無骨な手を置いた。全ての動きを封じられるような力を感じて、わたしの身は固くなった。しかし、膝頭を包み込むその手には思いの外ぬくもりがあった。

「おとうさん、わしはこないに人を信頼して、頭に浮かんだことをそのまま遠慮なしに口に出したことはついぞありませんわ。『徒党について』いう太宰最晩年の文章があるんですけども」そこでいったん言葉を切って、男は鼻孔を広げて静かに息を吸った。「私の現在の立場から言うならば、私は、いい友達が欲しくてならぬけれども、誰も私と遊んでくれないから、勢い、『孤低』にならざるを得ないのだ。と言っても、それも嘘で、私は私なりに『徒党』の苦しさが予感せられ、むしろ『孤低』を選んだほうが、それだって決して結構なものではないが、むしろそのほうに住んでいたほうが、気楽だと思われるから、敢《あ》えて親友交歓を行わないだけのことなのである」

打って変わって狂い無い標準語で暗唱されたこの文をわたしは読んだ覚えがあった。ほとんど誰も知ることのない雑誌掲載の文章であるけれど、確かめるように耳を傾けていたあたり、わたしは男の信じがたい能力をすでにやすやすと受け容れているのだ。気付けば、電車はすでに神立駅を発ってずいぶん速度を上げ、子供の声も止んでいる。

「わしが巷でこんなことを始めますと、見た目と口ぶりも相まって、意地の悪いひけらかしにしか見えんのですわ。波風立てんようにと思たら、孤低で過ごす以外に手段はあれへん。知っとることでも知らんように、くだらんことならその逆も然り。智に働けば角が立つ、情に棹させば流される。とかく住みにくい人の世に関わらんようじっと底に沈んどるのが孤低のたしなみでっしゃろ。わしの見立てでは、どうあれ御二方もその口や」

男が普段、この弁舌を抑えて慎ましく暮らしているなど想像もつかないが、こうして話していることが自分が平生考えていることに驚くほど近いこと、むしろそれを明確にしたものであることを考えると、やはり自分の同類であるのかもしれない。わたしはそう思いながら男の話を真面目に聞いていた。

「我々のような孤低の人間が偶然集まってこそ、一回こっきりの親友交歓がおこなわれるのかもしれませんなー。太宰は『徒党について』のあと、『如是我聞《によぜがもん》』をものしますけども、志賀だけやなく川端のことも批判して、阿諛追従《あゆついしよう》の俗物作家で論外やとまで言うてます。おとうさん、このあたりはどうお考えでっか」

全ての道を川端康成に通じさせるのは、何も大叔父上だけではない。この男だって頭を使って難なくやってのける。わたしは大叔父上に注目した。

「仕事の関係でレンコン農家の娘を知ったのです」何の前触れもなく大叔父上が言った。「その人は昭和三十六年の台風で、崩れた家の梁の下敷きになりました」

喋り終えたばかりの男はさすがに虚をつかれたか、息をのんだ。

「幸い命は助かりましたが、代わりに腕を失くしたのです」

11

自分の「徒党」の中に居る好かない奴ほど始末に困るものはない。それは一生、自分を憂鬱にする種だということを私は知っているのである。

新しい徒党の形式、それは仲間同士、公然と裏切るところからはじまるかもしれない。

友情。信頼。私は、それを「徒党」の中に見たことが無い。

一九四八年四月発行の「文芸時代」掲載の「徒党について」を、太宰はそんな風に結んでいる。同時期に始まった「如是我聞」は、後に心中することになる山崎富栄の家で「新潮」の野平健一記者に口述筆記させた連載評論である。内容は志賀直哉を中心とする文壇批判で、絶筆と言っていいだろう。

同年の「社会」四月号には志賀直哉と広津和郎と川端康成による鼎談が掲載されている。太宰はそこで自分への言及を読んだ。

志賀　二、三日前に太宰君の「犯人」とかいうのを読んだけれども、実につまらないと思ったね。始めからわかっているんだから、しまいを読まなくたって落ちはわかっているし……。

広津　太宰君と田村君と、坂口君、ちょうど三つ同じ月に出た小説を読んだが、それは皆わかっているのだ。そしてその間に目標もみなわかっている。それに向かって無理押しの駈足を三人がしている感じでね。その競争はせっかちで……。

川端　「斜陽」を読みましたけれど、別に新しいとか、これまでの人には書けない、というような感じはありませんね。ただ連想の飛躍みたいなところは独特で面白いけれど……。

広津　新しい旧いを……。

志賀　何だか大衆小説の蕪雑さが非常にあるな。

川端　それはこれから出ようとする若い人たちはもっとそうだと思いますね。懸賞小説をだいぶ読みましたけれども、だいたい通俗的ですね。それで作家らしいスタイルというものがありませんし、デッサンが非常に出来ていない。

志賀　デッサンが出来ていない。

川端　大事なところと何でもないところとの区別がないし、非常に無駄が多い。ところどころにその人たちのぶつかった経験でね、いいところがありますけれど……。

これを受けて太宰は「如是我聞」の中で、志賀直哉へ罵詈雑言をくり返す。そして、川端康成と思われる人物についても書く。

なお、その老人に茶坊主の如く阿諛追従して、まったく左様でゴゼエマス、大衆小説みたいですね、と言っている卑しく痩せた俗物作家、これは論外。

この事件と自殺の顚末を語りたいわけではないからこのあたりで止めておく。しかし、こうした論争を取り沙汰する際にはっきりした無力感を抱きながら楽しんでいるのと同じように、わたしが相席の男の言うことを取り沙汰する気を喪失させつつあったのは本当で、ということはやはり、わたしはその場から楽しみを得ていたわけだ。いつもいつも、こうした虚ろな楽しさに目を背けつつも、退屈もせずにもてあそんできたのである。

「如是我聞」の悪口雑言の中に「本を読まないということは、そのひとが孤独でないという証拠である」とある。やはり、あの常磐線の車内には、とくべつ孤独と言ってもよい人間どもが集まったのだろうか。我々は皆、孤独を自認していたのだろうか？是非を述べる権利は当人にあるまいが、この時、「新しい徒党」の形式に踏み出そうとする興奮があったと言えばそうかもしれない。ボックス席に向かい合って人生を少しずつ明かしている我々の間には、その席の形状がイメージさせる開かれた本の、隣り合わせのページと同じような淡い淡い連関が起こりつつあった。そこにはやはり、公然とした裏切りの予感もまた隠されている。それがまた、信用ならぬ語り手に翻弄される読書のように、わたしを安心させていたのかも知れない。

12

「それで、おとうさんが手伝いを名乗り出たっちゅうわけでっか?」

「そういうことになりますな」

「なんや、さんざんもったいぶって、やっぱりその線でっかいな」声に無遠慮な響きが唐突に混じった。それだけでなく、彼は肘掛けに肘をついて、何本かの指で顎のあたりを支えながらくつろいだ体勢をとった。「べっぴんでしたか?」

大叔父上は男の顔をじっと見た。傍目にも気に障った様子に見えた。

「気い悪くしたら、すんまへんな」男もまた体勢をそのままに、実際の高さとは矛盾するが、下からのぞきこむように大叔父上を見つめた。

「いいや」と大叔父上は同じくらいな大きさに声を張った。「あの娘も、あなたの目と似たような引目だったと思いましてな」

虫が知らせたのか、男の反応を見る前に、わたしはなだめるような乾いた笑いを彼らの間に送りこんでいた。どれほどの効果があったかはわからなかったのは、男の表情が乏しいせいである。

「そらあ、さぞべっぴんですわ」と男は言った。「さだめし蓮花の水にあるが如しや」

大叔父上は静かな微笑を返し、カンカン帽のひさしに片手を持っていくと、軽い手つきでかぶり直した。大叔父上は禿げている。側頭部に残った薄く細い白髪が湿った束になり、あらわになった地肌にへばりついているのをわたしは見た。

「腕の付け根といいますか、肩のはしといいますか、なんともそこの美しい娘でした。わたしはその清純で優雅な円みに惹かれたのです」

急にずいぶん気取った言い方をするものだと小憎らしく思いながら、気の毒なことですねと会話を請け負うつもりで言った。事故の時にはもう知り合っておられたのですか。

大叔父上の目がわたしを捉えた。意外なことに、それも今しがた男に向けたのと同じ不機嫌な視線に思われた。大叔父上は首を振って、再び窓の外に目を向けた。わたしもなんとなくそうせざるを得なかった。

程なく山間に見渡す限りの広大な白菜畑が現れた。その半分ほどは収穫を終え、栄養を取られた白っぽい土をさらしている。高くなった日はちょうどその真上にあって、影ひとつない天下を、遠くの方に人間が歩いていた。窓いっぱいにいつまでも過ぎ去らないように思えるその風景にしびれを切らせたように男が口を開いた。

「こんなところへ来ると、情けない気分になりますわ。人は無力やなんて意味ありげに書きつけるんは、土をいじったことのない人間でっせ。ここでレンコンや白菜の何百キロでも育てて出荷してみたら、そんなことは口が裂けても言えまへん。よしんば自然に打ちのめされることがあっても、それを帳面に書きつけようなんて無粋なことは思わんでしょうなー」

いかにも遠回りをするような発言をする男を、わたしはちょっともどかしく思った。取り上げた話題には『黒い笑い』のようなところがあったが、わたしは今、それより大叔父上の身の上に興味がある。だからわたしは、確かにああいう人たちとは考え方もまるで違ってくるところがあるでしょうねと男にいったん同意した上で続けた。わたしにはああいう人たちと自分が知り合ったり話し合ったりするなんて、ちょっと考えられないような気がします。大叔父さんはその娘さんとどうやって知り合われたんです。

大叔父上が話し出すか出さないかというところで、男が牽制の咳払いを打って話を横取った。

「間氷はん、あんた、えらい馴れ初めを気にされるやないですか」

気になりませんかとわたしは逆に訊いた。

「なるかならんか言われたら、正直言うてならんのですわ。せやから、ここは間氷はんに任せまっせ」

任されてもどうにもならないと言おうとしたところで電車が高浜駅に着いた。上り側のプラットフォームの屋根は中央に申し訳程度にあるばかりで、緑色のフェンスを背にしている陽にさらされた場所には、どこへ行くのか女子中学生が何十人も立ち並んで談笑している。

その中にひとり、色素の薄い頰の高さまで髪を切り揃えた細い目の可憐な娘がいて、わたしの気を引いた。田舎らしい長いスカートは、ダッフルコートの膨らみない裾からまっすぐ膝下まで降りかかって、折りひだの向こうに静かな空気を含んで軽く揺れていた。その内に秘められた空間のちょうど真ん中から、白い柔い足首が、左右等しく降りている。彼女の首から下の素肌が外気に直に触れるのは、膝下の最もしなやかな骨を埋めているはずのすねの辺りだけ。黒いソックスをまとった足首は、やがてなめらかな革靴に変じてしまったように見える。娘は電車を待ちながら、澄んだ冬の光を背に浴び、楽しそうに友人と話をかわしていた。

「あんた、少女偏愛の気《け》がありまっせ」突然、男が耳元でささやいた。

わたしは驚いて肩が動いた。少女から慎重に視線を逸らす。何を言うんです。

「気もそぞろに、女子中学生をじっと見てますやんか」

こんな時間にあんな大勢いると珍しいでしょうとわたしは答えたが、男はそんなことは聞きたくないというように大叔父上の方を向いた。

「血は争えませんなー。二人とも、同じ子を見つめておられましたで」と言って男はまっすぐ件の娘を指さした。「あの、短髪の子でっしゃろ。確かにきゃしゃで細いきれいな子ですわ。おとうさんの思い出の娘と一緒の引目やし、あんな風なら、年齢のことは時代も時代、惹かれるのもわかります。わかるんですけども、nympholept やないわしには、どうしたってジャリにしか見えませんのや」

そこでわたしは男が持ち出したナボコフよりも川端康成を思い出すべきだったかもしれない。娘は、隣にいる器量の良くない友人に親しげな笑みを浮かべ、体を気持ち反らせていた。

その象牙のような青白い裸の腕が、冷えて重たい蓮田の泥海の中に、ずぶずぶ差しこまれていくのが目に浮かんだ。それがゆっくり引き抜かれると、肌の色と泥の色とが、どこをとっても細さの変わらぬ腕や肩のあたりに境界をつくって現れた。泥をまとってなお清潔に象られた肘や手首のするどさ、やわく開いた指のしなやかさ、それぞれの形に合わせた泥のしずくが滴っている。かがんでいたのがすいと伸び上がるように起きれば、弓なりの体は何も身につけていない。鈍い色に染まった腕は空《くう》に消え失せ、ただ小さな胸にささやかなあばらの浮いた白い体と、可憐な顔だけが際立ってこちらを向いている。誘うような上目遣いの笑顔を無邪気と言い切れる者はない。

「発車しまっせ」

耳元にそう聞いた。我に返ると男は満面の笑みである。ああと返事をして、思い出したように息を吸い、高鳴る胸を落ち着かせる何かがあるとでもいうように男の奥、反対側のボックス席に目を向けた。そこにはいつからか中年の女が座っていた。この女の太りかけた寸胴の体は、わたしにいくらかの落ち着きと現実感をもたらした。

「実際、あんな娘と知り合えたらどうでっか？　奇跡のように美しい夢やと思います？」

男が存外まじめな顔で訊くので、どうということもありませんよとわたしは笑った。電車が動き出しても、わたしは娘の方を見なかった。代わりに、座席の中年女が手提げバッグからおにぎりを取り出すのを熱心に見た。

「おとうさんはええ時代でしたなー。間氷はんとあの娘は、今やったら恋愛にもなりまへんわ。いや実際、間氷はんは寡黙でなかなかええ男やから、やりようによっちゃあなんとかなるかもわかりまへんけど、条例も世間体もあるし、障壁が多すぎますわな」

わたしは下手を打たぬよう黙っていた。電車がゆっくり加速する。男の調子のいい言動がいつまでも娘の面影をこびりつかせるせいで、振り向き見たくてしょうがなくなるのを、窓のサッシに肘をかけた頬杖でもって懸命にこらえていた。

「間氷はんがうまくやるとしたら、Salinger や川端康成の手ですわ」

うまくやるとはなんだと思いながらわたしは、男が小さな小さなウサギほどの舌で唇をなめるのを視界の端に引っかけた。それをこの上なく不気味に思った。

13

ニンフォレプトは、ナボコフの『ロリータ』に紹介される言葉である。九歳から十四歳の少女で性的魅力を有する者つまりニンフェットと、そうでないただの少女を区別することができる人間のことを指す。

ところでその時、ジーン・ミラーは十四歳だった。両親とともにフロリダに滞在しており、デイトナ・ビーチにあるシェラトン・ホテルのプールサイドで『嵐が丘』を読んでいた。小説の話ではない。一九四九年の冬、少女は実際に読んでいた。

『嵐が丘』を読んでいたら、一人の男が「ヒースクリフはどう？　彼はどうしてる？」って話しかけてきた。私は本に集中していたから、何度訊《き》かれたのかわからないけど、そのうちようやく耳に入ってきた。それで、彼のほうを向いてこう答えた。「ヒースクリフは問題を抱えてる」。

私は彼を見た。長くて素敵《すてき》な角張った顔に、深く悲しみに沈んだ目をしてた。タオル地のバスローブを着ていて、脚はとても白くて、顔色もとても青白かった。ブルブル震えてたというわけではないけど、このプールにはふさわしくないように見えたわ。


この年の一月一日に三十歳になったばかりだったサリンジャーは、自分の半分ほどの年の少女ジーン・ミラーと二人きりで多くの時間を過ごした。ビーチを歩き、カモメにポップコーンをやり、彼女が側転しながら海に入る姿を喜んだという。

彼のデイトナでの滞在が終わろうとしていた本当に最後の日になって、ジェリーはお守りに小さな白い象をくれた。それから「もう二度と会えないとしても、君の幸運を祈ってるよ」と言ってくれた。「お別れのキスをしたいけど、それはできないからね」とも。決まってたのは互いに手紙を書くっていうことだけ。別れる前に彼は私の母のところに行って、シェラトンのロビーでこう言ったの。「娘さんと結婚します」。ああ、そのときの母の気持ちは想像もつかないわ。

彼らは文通をしながら、たびたび会った。はじめは両親も同伴、手紙と年が重なれ、やがて二人で。ジーンが十八になる頃には、手紙に同封された航空券を使って、サリンジャーの終の住処となるコーニッシュにも訪れるようになる。これをわざわざ書かねばならないことも忌々しいが、同じベッドに寝ながら、二人の間に何もなかったという。そんなことがあったのはもう少し後、旅先のモントリオールのことで、それで全てが終わることになった。

時をフロリダのプールサイドに遡らせて、ジーン・ミラーは自分と小説について語る。

彼がはじめて私を見たとき、私は年上の女性と話しながらあくびをこらえていたらしいわ——それはエズメが物語のなかで聖歌隊で歌ってるときにすることなの。私に会っていなかったら「エズメ」は書けなかったって彼は言ってた。

「エズメに——愛と悲惨をこめて」は、第二次大戦中にイギリスで訓練を受けていた軍曹が当時を述懐する物語である。彼は通りがかった教会の聖歌隊で見事な歌声を聞かせる少女に心を奪われたことを思い出す。

聞きながら子供たちみんなの顔を眺めたが、とりわけ、一列目の端の席、私から一番近いところに座っている子供の顔をじっくり見た。十三歳くらいの女の子で、まっすぐな、くすんだブロンドの髪は耳たぶの長さで揃え、額は繊細に美しく、人生に飽きたような目は、教会内の人数をすでに数えきっていたとしてもおかしくなく思えた。声はほかの子供たちの声とはっきり分かれて聞こえたが、それは単に彼女が私の一番近くに座っていたからだけではない。高い方の音が誰より見事で、響きも一番快《こころよ》く、しっかりしていて、自然とみんなを引っぱっていた。ところがこの若き女性は、自分の歌唱力に、あるいはそもそもこの状況にいささか退屈している様子で、歌の合間に彼女があくびするのを私は目撃した。それは淑女《しゅくじょ》の、口を閉じたままのあくびだったが、見逃しようはなかった。鼻孔《びこう》の横のあたりが彼女を裏切っていた。

二人はすぐに近くのカフェで再会する。天候は悪く、プールサイドを思わせるほどエズメの髪はびっしょり濡れている。知的で斜に構えた言葉をかわし、エズメは軍曹に別れた後も手紙を書くことを提案する。やがて戦争が終わり、深刻なPTSDの最中で軍曹は、エズメからの手紙を受け取って希望を抱く、そんな短編である。草葉の陰の相手に背いて、かつ感謝して、ジーン・ミラーは何度でも語る。「エズメ」は「ずっと昔の特別な時間の思い出としていつまでも残り続ける」と。

わたしは「事実は小説より奇なり」という心のこもらぬ慣用句を忸怩《じくじ》たる思いで聞く人間の一人だが、そんな気分にわたしを導いてくれた張本人たちの身に起きた事実とされるところを知って、しばしば当惑することもまた事実である。彼らは小説の中で、事実よりもずいぶん穏当に、ささやかに、断片的に事をすましている。

もちろん、そうでない場合だっていくらもあるが、特にこの国で「私小説」と呼ぶに足る条件がいかなるものなのかわたしは知る由もないのだ。サリンジャーの『シーモア―序章―』にこう書かれているように、それはより多くの部分で読者の問題である。

告白的文章というものは、まずもって、自慢するのをやめたという作家の自慢が鼻につくものである。いつでも、公然と告白する人間から聞くべきものは、彼が告白していないことなのだ。人生のある時期で（悲しいことだが、たいていは成功している時期）、人はとつぜん大学の期末試験でカンニングをしたと告白できると思うかもしれないし、二十二歳から二十四歳まで性的不能だった、と知らせようと決心するかもしれないが、こうした勇気のある告白それ自体は、当人がペットのハムスターに腹を立てて、その頭を踏みつけたことがあったかどうかを探りだせるということを保証するものではない。

二十歳の一高生であった川端康成は、本郷のカフェ・エランで女給として働く十三歳の伊藤初代に恋をした。孤児だった川端と似て、親族を転々として暮らした不幸な生い立ちの少女である初代は可憐で、客からも人気があった。川端もまた「僕だつてちいは好きだ」と日記に書いた心をもってカフェ・エランに友人たちと通い詰めた。その後、店が閉まることになり、岐阜の西方寺へ養子として引き取られた初代を川端は訪ねる。手紙を交わし、婚約したが、川端が東京に戻っていそいそと結婚の準備を進めている間に、初代から婚約破棄の手紙が来る。

私は今、あなた様におことわり致したいことがあるのです。私はあなた様とかたくお約束を致しましたが、私には或る非常があるのです。それをどうしてもあなた様にお話しすることが出来ません。私今、このやうなことを申し上げれば、ふしぎにお思ひになるでせう。あなた様はその非常を話してくれと仰しやるでせう。その非常を話すくらゐなら、私は死んだはうがどんなに幸福でせう。

川端はこの事件を複数の小説に書いており、そこではこの「非常の手紙」をはじめ、初代からの手紙がほとんどそのまま引用されている。わたしは心に血をためながら、それでもなお事実より小説を知りたいと思う。静かな興奮に目をつぶり、事実なんてくだらぬものと断定したくなる。

その後も何人かの少女に肩入れした川端は、『ロリータ』について丸谷才一にお好きでしょうと問われ、「あれは、きたない」と答えたという。

14

「つまり、作家という社会的地位を持った上で、若い娘を籠絡したり、囲ったりするんですわ。ええご身分やと言うほかおまへんな」

何をバカなことを……とわたしは言った。頭の中にはまださっきの娘がいる。ジーン・ミラーがいて、伊藤初代がいる。ロリータがいる。その表象が全て溶け合った少女の姿が霧のように頭を満たしている。

「もちろん、最近ぎょーさんあるニュースみたいに、SNSであれこれしたってええですけど、そんなんで知り合える頭の軽いガキにまともなのはおりませんわ。そこにおることと自体が、間氷はんの気に障りますでしょ。ああいう高級な娘と知り合うには、箔をつけんことにはやりにくいでっせ」

　それをするために作家になれと言うんですか？　わたしは頭に浮かびかける娘の肢体と自分の物語から話を逸らしたかったのだろう、幻滅した風な口調を使った。

「冗談ですがな」男はあっさり言って、自分の襟を正してわたしを見た。「さっきも言うた通り、わしは艶のある話にはどうも食指が動きませんのや。ほんで今、一時八分、水戸まで五十分でっせ。遠回りもたいがいにせなあかんと思いましてなー」

　男は厚い唇を笑いの形にゆがめ、時計も見ないで言った。袖をまくった様子はなかったから、どうせわたしの時計を見たのだろう。わたしは黙っていた。

「ずばりわしが知りたいのは、間氷はんが小説を書いたことがあるかっちゅうことです」

　書いている、そう告白することで話題が移るかもしれないと期待したせいで、わたしは今自分が置かれている状況がいかに特殊なものであったかを自覚した。作家でもない者が小説を書いていると吹聴するほどろくでもないことはない。それは少ない交際の中でも日頃から戒めていることであったが、わたしは頭にひらめいた救いにすがって告白した。そして精一杯の抵抗に、あなたこそどうなんですと男にも訊いた。

「わしが白状したら」と男は笑顔をつくりながら今度は大叔父上に声をかけた。「おとうさんも教えてくれまっか？」

「いいですとも」大叔父上は先程からずっと不敵な微笑を絶やさず、自信ありげに深くうなずいた。

男はその顔をまじまじと見つめた。わたしはもはや恥を恥とも思わず、彼らが小説を書いたことがあるのか知りたがっていた。

「そんならええですわ。恥ずかしながら、わしも時折書くんです。自分の身に起きたことを整理しただけの、とてもやないけど小説とは呼ばれへん、しょーもない代物ですけども。読むのと書くのはまったく別やと思い知るばかりですわ」

同感ですとわたしはつぶやいた。

「さあ、おとうさんの番でっせ」

「ありますとも」と大叔父上は即座に言った。

「そうでっか」簡単なやりとりにも男は満面の笑みを浮かべた。おそらく言質をとることだけが目的なのだ。「あれこれ訊きたいのは山々やけど、詳しい話はここまでにしときますわ。わしも同じことを訊かれたら大弱りですからなー。タイトルや主人公の名前や、恥知らずな文字の塊について根掘り葉掘り聞かれたら、この窓破って飛び降りたくなりますわ。おとうさんは自信がおありやよってに、そんなこともなさそうですけども」

これならわたしに矛先が向くこともあるまいと安心したその時、通路を挟んで向かい側のボックス席にいた中年女の方から物を取り落とす音がした。見れば、小さな円筒のプラスチック容器が床に倒れ、蓋が外れ、その開いた口からまっすぐに、おおよそ黒に白い粒が混じった太い線が床を走ってこぼれている。それがごま塩と知れる間にも、容器だけが軽そうに揺れていたが、ふとした弾みに小さな音を立てて、座席の下をくぐって転がっていった。女は左手にラップで包んだおにぎりを持って、それにふりかけようとしたところだったのだろう、汚れた床を漠と眺めている。

「例えばあれですわ」と男がいやに大きな声で言った。「あのこぼれたごま塩の様を描写してみぃ言われても、何をどう書いたらええんかわからんのです」

わたしがうるさいと思ったぐらいだから、当人に聞こえていないはずはない。女は食べかけのおにぎりを茶色いシートの上に置き、窮屈そうに腰をかがめ、手の平で床のごま塩を寄せ集め始めた。わたしは男の肘をつこうとしたが、遠慮のせいで触れる程度にしかならなかった。

「アレ、おばはんのなけなしの昼飯でっせ」男は女の方に顔を向けたまま喋り続けた。「銀シャリじゃ味気ない思て、家からいそいそ持ち出したんですわ。あらかじめかけるんやのうて、一口食べてはかけ、また一口食べてはかけるのがおばはんのスタイルですわ」

おにぎりの食べ方ひとつを取っておばはんのスタイルなどと言われている彼女を思うとたまらなかったが、会話の最中にそんなことまで観察している男への空恐ろしさもあって、わたしは何も言えずに視線を泳がせた。大叔父上が女を見てほくそ笑んでいるのにぶつかったとき、背中を寒気が走った。

「その末路があれですわ。哀愁を誘うなかなかええシーンやと思いまへんか。せやけど、わしがそれを書こうとすると、あのこぼれたごま塩がどうにも書かれへんのですわ」

女は一度も顔を上げなかった。上げればこのたちの悪い野次馬に顔をさらしてしまうのだから無理もない。彼女が椀のように丸めた左手には、砂や埃のまじったごま塩が山をつくっていた。容器はすでに扉の方まで転がっており、それが見当たらない彼女は下を向いておろおろするばかり。こちらが俄然同情しかけたとき、彼女は食べかけのおにぎりを取った。広い断面に、汚れたごま塩でいっぱいの手がかぶされる。手に残さぬようすりつけ、ぱらぱらこぼれ落ちるのも構わずできあがった真っ黒の塊。それをラップでくるみこみ、カバンにしまう手つきは毅然としたものがあった。逃げるように席を立ち、隣の車両に足早に、体を揺らしながら歩いて行く女の顔は、我々と反対側の車窓に、いかにも景色を見ているとでもいうように痛々しくひねられたまま最後まで見えなかった。席の下には散らばったごま塩が残され、容器はかすかな音を立ててまだどこかを転がっている。

「あのごま塩の散らばりと、あひるの火事見舞のよな歩き姿、容器の転がる音。どう書いたら小説になるのかが、わしにはどうもわかりまへんのや」男はしみじみと言った。

場に沈黙が兆し、暗い気分を催した。あんまりではないか。わたしはたまらなくなって、どうしてかわいそうな人を放っておいてあげないのですかと言った。

「おとうさん」男はわたしを無視して言った。「今も小説は書いておられまっか」

「わたしは二十二、三の頃に書いたのが最後です」と大叔父上も男に応じる。

「そらまたどうして」

「娘をモデルに書いたのです」

「さっきの子ですな」

「そうです」すると大叔父上は顎を引いて、ぞっとするほど低い声を出した。「それにしてもあなたは、人払いがお上手ですな」

男はちょっとした間の後でにやりと笑った。「さすがなんでもお見通しですなー」ひるむ様子もなく機嫌良さそうである。「ただ、さっき言うたことはかなりな部分、本心でっせ。わしには逆立ちしたって小説は書けまへんのや。せやけど今、そんなことはどうでもええことや」

わたしは人払いの意味を計りかねて、男がおもむろに『黒い笑い』をカバンから半分出すのをただ見ているばかりだった。

「おとうさん、我らがこの本の初版の年度、覚えてまっか」

大叔父上は憮然とした表情を男に向けていた。

「一九六四年、昭和三十九年ですわ。おとうさんはご存知やと思いますけども、この年に連載で完結した作品が、川端康成にはありますなー」

きっとわたしだけがそれを知らなかった。

「『片腕』ですわ」

わたしは思わず、寝ぼけたような気抜けの声を喉に浮かばせた。初めて現れた「片腕」という言葉には、冷や水を浴びせるような直接的な響きがあった。

「一九六三年の夏から年をまたいで少しずつ連載されて、一九六四年の一月に完結。この頃いうたら、おとうさんがまさに片腕のない娘のためにレンコン掘りを手伝った一年後かそこらとちゃいまっか」

男は大叔父上の年齢から計算していたのだろう、自信満々に言うのだが、わたしはその数字と計算が合っているのかもわからず、男を信用するしか能がない。

「おとうさんは、その一年の間に、片腕の娘をモデルに小説を書いたんですわ。なかなか良く書けた自信作だったんやないですか。それで、川端康成の『片腕』を読んだんや。そしたらこれが、女の片腕を取り外して家に持ち帰って一夜をともにするっちゅうとんでもない代物ですわ。それでがっくりきたんと違いますか」

大叔父上はポケットからハンカチを取り出して口元をぬぐった。

「証拠に、さっきおとうさんは、腕の付け根といいますか、肩のはしといいますか、なんともそこの美しい娘だったと言われましたな。清純で優雅な円みだったとも言われましたわ。これは『片腕』の一節でっせ」

そうなんですかとわたしは驚いて言った。

「そうですがな」男はうなずき、今回は気負いもなく流れるように続きを言った。

「娘は私の好きなところから自分の腕をはずしてくれていた。腕のつけ根であるか、肩のはしであるか、そこにぷっくりと円みがある。西洋の美しい細身の娘にある円みで、日本の娘には稀れである。それがこの娘にはあった。ほのぼのとういういしい光りの球形のように、清純で優雅な円みである。」

わたしは男の暗唱したそれを素直にいい文章だなどと感動していた。川端康成はろくろく読まず『片腕』も若い頃に読んだきりだった。かつて楽しんで尊び、やがて退屈なものだと興味もなくしたノーベル賞作家の文の滋味を、ありがたく親近感のあるものと感じた。

「これをわざわざ会話に忍ばせたんは、おそらくわしらを試すためや」さらに男は大叔父上の方に身を乗り出して言った。「目の前におるわしらが、振り返っておきたい思い出とやらを聞かせるに値する人間か、おとうさんは見極めようとしたんや」わたしたちが試されたのなら、間抜けに聞き流したわたしは失格である。だからわたしは一矢報いなければならない必要を感じていた。

「何度も何度も読んで覚えたんでしょうなー。偶然同じモチーフを使って艶ある玄妙でシュールな傑作をものするんやから、おとうさんのショックはいかばかりかや。当たり前やけれども、川端のようには書かれへん。ほんで小説もあきらめたんとちゃいまっか？」男は得意気な顔で大叔父上を指さした。

お言葉ですがとわたしは反射的に言ってしまった。男の鋭い目つきにしばし口ごもった後で、そんな単純なものではないかも知れませんよと続けた。大叔父さんが川端康成からの手紙を持っているという話を、わたしは聞いたことがあるんです。

大叔父上の顔色をうかがっても、特に変わったことはなかった。

「手紙？」と男が細い目をぐっと開いた。「川端康成から？」

ええとうなずくわたしに男は笑顔を浮かべて体を起こす。静かな迫力があり、思わず身構えかけそうになるのをぐっとこらえた。

「間氷はんも人が悪いですわ。おとうさんの秘密、知ってましたんかいな」

いやいやとわたしは首を振り、なんだか鼻で笑うようなしぐさになってしまいながら、本当のところは何も知らないのですと言った。ただ、あなたがこうして手を替え品を替え話してきたおかげで、本当に手紙はあるんだという気分になってきたものです……。

「それもおとうさん次第ですわ。ただ、ここまでもったいぶって何もないなら困った人や。せやけど、言わずに心にしまっておくのも難儀なもんでっせ。わしはともかく、お二人は今後もお付き合いがありますやろ」

「会うのはこれが最後です」と大叔父上はきっぱり言った。

「なんでです？」

「これから老人ホームに入るのです」

大叔父上はこともなげに言った。数十分前に口ごもっていたことは、もはや大した問題ではなくなっていた。

「なんや、そうだったんでっか」男は明るい顔で膝を打った。「それで、間氷はんが送ってるいうことですか」

そうですとわたしも言った。

「それで腑に落ちましたわ。滅多におとうさんと顔を合わせん間氷はんが、都合よく駆り出されたっちゅうわけですな。わしの推理は当たっとったわけや。おとうさん、親族の中でも爪弾きにされとったクチやないですか」

「そうかもしれません」大叔父上は無礼を気にする素振りもなく言った。

男はわたしの顔を見て、上を向いてだははと馬鹿笑いしてシートにずり下がるように沈み込んだ。男が何を笑っているのか、わたしにはよくわからなかった。

「お二人がよそよそしいのもむべなるかなや。となると、おとうさんにはこれが最後のチャンスやゆうことですなー。おとうさんみたいなタイプ、田舎の老人ホームで孤立するんは目に見えてまっせ。いや、気ィ悪くせんといてください、掃きだめの鶴が高潔な孤低の精神を発揮するいうことやよってに。おとうさんみたいな生き様に一家言ある人がそんなところに入ったら、もう死ぬまで食べたり眠ったりするほかにやることおまへんわ。思う存分、形影相弔うことですなー」

ひどいことを言うと笑いかけたが、最後の慣用句がわからず笑い止んだ。大叔父上は男の言いぐさが殊のほか気に入ったらしかった。顔がやわらかに歪む。わたしは長く乏しい付き合いの中でそんな顔を初めて見た。

「このボックス席、終の住処へ向かう懺悔室やと思ってもらって構いまへんで」

わたしが背筋をのばして周囲を確認すると、車両の端に老夫婦が一組いるばかりであった。

「問題なしですやろ」承知していたとばかりに男は言って、もみ手しながら大叔父上に迫った。「お膳立ては整いましたわ」

「懺悔とおっしゃいましたか」と大叔父上は言った。「懺悔なら、あなた方もそれなりに覚悟をしてもらわなければ困ります」

「当たり前ですがな。他言無用の腹づもりでっせ」

大叔父上は体の横にぴったり寄せていた小さな革カバンを頼りない膝の上にのせた。出てきたのはこれも革が張られた堅牢な装丁の本だった。

「なんや、手紙とちゃうやんか」男はちょっと不用意に思えるほど、子供じみた声を出した。

「わたしの日記です」と大叔父上は固そうな革の表紙を撫でた。

男はすぐに色めきたち、口元を押さえて本に迫った。「革装なんて、日記帳にしちやえらい本格的ですな。値も張りましたやろ」

「この頃だけこうなのです」大叔父上は日記をあっさり男に差し出した。

この頃だけというのが気になったが、わたしは口を挟む気も暇もなく、日記帳をただ見下ろしていた。無意識のうち、距離を取るように深く座り直して。

「え、よろしいんでっか」男は震える手を察して逡巡もそこそこに受け取った。

大叔父上は鞄の小さな金具を留めると、体の横にまた戻した。男は膝の上に日記をのせ、恭しく手をかけたが、すぐに何かに気付いて、大叔父上を見た。そしてゆっくり表紙だけを開いた。

前半のページには縦にいくつか紙帯がしてあり、開けることができなくなっていた。

「こんな細工して、初めから見せる気満々やったんやないですか。そんなら――」と男は言って、わたしに日記を回してきた。「これを最初に開いて読むんは、間氷はんが適任ですわ」

思わず受け取ったわたしの手はずっしりとした重みで下がった。わたしは驚いて男を見た。

「大叔父上が信頼する大甥に古い日記を見せようと、家から持ち出したんでっせ？泣けてきますわ」

泣けない。嬉しくもなんともない。鷹揚に構えた大叔父上が、さっきのごま塩をぶちまけた女性と重なった。何かを期待して準備をすることの崇高ないじらしさは、露見すると同時に咲いて散る。それでもう取り返しがつかない。

「この道行き、端《はな》からわしは邪魔者やったんですなー」男がぐっと体を開いて、わたしの肩に窮屈そうに手を置いた。「せやけど乗りかかった船や。おとうさんの秘密の告白、付き合わせてもらいまっせ」

沈黙の中、慎重に、縦帯を避けて日記を開いた。甘やかな香りとともに、びっしり埋まった字が目に飛び込んだ。どれもこれも崩し字とはちがう、なんとか判別できるだけの、右に左にがたがた下りてくるひどく下手な字の連なりである。一文字一文字を追わなければ読むこともできない。

「わしも人のことは言えまへんが、こら、なかなかの金釘流でんなー」男がにやついた首をつっこんで言った。

少し色褪せて年季が感じられる紙は、質が良いせいか古びた感じはしなかった。余白を撫でると、なめらかな感触が指の腹を走った。

「さ、間氷はん、読んでもらえまっか」

えっと意外の声が出た。落ち着きなく背が伸びる。その中ほどで、空気をふくんだ肺が首をもたげるような感じがあった。

男は笑顔を浮かべている。「音読ですがな」と言うと、またその顔を作り直した。

「小学校でやりましたやろ？　お二人の心の距離を縮めるのにこんなにええ機会はおまへんで」

心の距離という言葉がその口から出るとは思わなかった。わたしの神経質なところを逆なでしながら抑えつけようというのである。人心操作と掌握に長けた男のこと、それが一番有効だとわずかな時間で心得たにちがいない。わたしは自分のみっともない声が喉の奥の空間を腐らせるように響くのを気にしながら読んだ。電車の音にかき消されはしないかという不安に怯えながら声を張った。

昭和三十八年四月七日。完成を見る。ようやく此方にも引き写すことができる。終わり次第送ろうと思う。今日に終わらなければ明日も明後日も書き継ぐ予定。一刻も早く送らねばなるまい。終わればそこで日記に戻るが、終わらなければ日記は無い。然し現在の私にとっては川端先生に原稿を送り、送った結果の外は考えられそうに無いから、日記が続くか怪しい物だ。送ってしまえば何も手につかぬだろう。その時はこの日記が一週か二週かの空白ということになるか。はたまた不安でひっきりなしに書くか。それもわからない。先生の方には返事をする義理など無いのだから、いかなる覚悟もしておくべきには違いない。所が私は之作に尊大な自信を抱いている。もう返事は来るだろうと決めて了った。以下。

「片腕を一晩お貸ししてもいいわ。」と娘は言った。そして右腕を肩からはずすと、それを左手に持って私の膝においた。

ちょうどページが変わるそこまで読んでわたしは厳粛に音読を止め、腕組みしている男の方を見た。

この冒頭は『片腕』だ。わたしでも知っている。川端康成の『片腕』の冒頭である。一九六四年の一月に完結したという『片腕』を、一九六三年四月の大叔父上が日記に書いている。

「ちょっと待ってくださいや」男も冷静でない震え声で言った。「そんなアホな」

大叔父上は溶け残りのない水溶液のような何の感情も見当たらない孤独な目でわたしたち二人をいっぺんに捉えていた。

「一九六三年の八月に『片腕』の連載が始まったんでっせ？」

わたしは見るのもためらわれるような気がした。それは隠れた作者への恐れ多さといったようなものではなく、そんなことさえ陳腐に見えてくるほどの、傍目に映るこの老人の人生の静けさが、全てを覆い尽くしていることへの得体の知れない感情であった。

大叔父上は決して届かぬ場所に沈んだ目をどこにも浮上させることなく黙している。

「おとうさんが『片腕』の代作者やいうんですか？『片腕』いうたら、川端の代表作や！」

興奮気味に言い終えた男の厚い下唇がしまりなく下がったままで、わたしはこの男の動揺が初めて長く続いていることに気づいた。強く握り込まれた拳が、組んだ腕の隙間へ蟹のように逃げ込もうとするのも見ることができた。

「おとうさん、ほんまに言うてはるんですか」

「あなたが念入りに裏を取りながら進めてきたのでしょう」と大叔父上は笑うような呼吸で言った。

「確かに、川端康成は代作でも噂の多い人物です。『乙女の港』や『空の片仮名』も少なからずそうや言われとります。有名無名問わず手紙のやりとりも山ほどあるし、それ自体は不思議でもなんでもあらしまへん。小説書いて送りつけたら返事がきたなんて、川端に関しちゃ山ほどあると思います。それを誇るんなら笑いもんやけども、ただ、これは……」男は口元を覆って日記をにらんでから、その目をわたしにも向けた。「もう少し読んでくれまへんか？」


「ありがとう。」と私は見下ろす。娘の右腕のあたたかさが膝に伝わった。

「あ、指輪をはめておきますわ。あたしの腕ですというしるしにね。」と娘は笑顔で左手を私の胸の前にあげた。「おねがい……。」

左腕だけになった娘は指輪を抜き取ることができない。

「婚約指輪でないの？」

「ちょ、ちょっと」男はつかえながら言い、わたしの読みを遮った。「貸しなはれ」わたしが一も二もなく差し出した開いたままの日記を、手つきは危なげないが、まるで奪うように受け取る。少なくとも取られた方はそう感じたので、わたしはしばらく日記をのせていた両手を、上向きのまま、阿呆のように浮かべていた。

男が黙って読んでいるページをめくる音だけが響く。あまりに次々なので笑いそうになるが、そんな場合ではない。四六判の見開きにそれほど大きい字でもないから原稿用紙三枚ほどはありそうな文字数を、男は十秒も経たずにめくってしまうのだ。この速さで片っ端から乱読し、覚えてきたのだろう。人間にそんなことが可能なのだろうかという思いがぶり返した。さぞわたしの読みはもどかしかったことだろう。子供の頃の教室の音読で、下手な読み方を笑われて顔を赤くしていた同級生がいた。読むのは上手な方だったわたしは、彼を見ないようにうつむきながら、腹の中ではもどかしい思いをしていたものだが、今やわたしが彼である。

大叔父上は沈んだ目を浮上させることなく黙している。車窓にはいよいよどこまでも広大な畑が流れて終わらない。収穫も終わり、養分が抜け、乾いて白けた土の色。今ここでわたしだけが小人物なのかもしれないと思った。どうですかとそれらしい声で訊ねたが、答えが返ってきたのはずっと後だった。

「足らんところもあるけども、筋や主題はそのまんまや。七割方は一緒というところですな。片腕を懐に入れて街を歩くところは丸ごとあれへん」と話しながらも、ページをめくる速さは少しもゆるまない。『乙女の港』を代作した中里恒子が、川端が手を入れたら魔法のように川端の作品になると追悼文で書いとりましたが、これは既に川端の作品やという気がしますわ。『片腕』は川端の中でも異色やけども……」

わかった風な相づちを打つわたしに上手く話は通じていない。わたしはこの男ほどに本を読まないし、だからといって読んだものを覚えもしない。どういうわけか、わたしが知らない本については男が一つも訊ねてこないのが唯一の救いで、この息苦しい席でずっと命拾いしているというのが本当のところなのだ。

「おとうさんが先ほど引かれた、腕や肩の描写は書いてありますな」

ということは、わたしがいい文章だと感動していたあの部分は大叔父上が書いたということになる。なんとも不思議な感じがした。わたしは沢山の文章をいい文章だと心から思ってきたが、それを書いた人物をこの目に見たことは一度もなかった。この老人がその一人というなら、書くということは、書くというそれだけは、何と惨めたらしい行為だろうか。

五十年以上前の日記に目を下ろすと、ページの右端にいくらか文字があるだけの白紙である。どうやらそこで小説の部分は終わっているらしい。

男は大きく息をついてわたしを見た。読んでいる間にいくらか落ち着きを取り戻したようだ。

「これはとんでもない代物でっせ」

答える代わりに、このあと川端康成に手紙を送るのでしょうと日記の持ち主に訊ねた。そして返事が来るのでしょう。それは川端康成が、この作品を自作として掲載するよう提案する手紙ではありませんか。

「これがほんまの話なら、そういうことになりますわな」

わたしは男が同意してくれるだけでうれしくなった。ですよね、ですよねと言った。

「ほんで問題の手紙も、今その鞄の中にあるゆうことや。なんだか手が震えてきましたわ」

「なぜここに手紙があると思えるのです」と大叔父上は言った。

「そら、証拠になりますやんか」

「何の証拠です」

「代作の証拠に決まってますやろ」

「そんなものがわたしに必要ありますか」

「何を言うんや」と男は思わずそんな言葉遣いになった。「それについて話すために、こんな場を設けたんでっしゃろ」

そうだそうだとわたしは心で応援した。しかし、大叔父上に見据えられた男はちょっと意気阻喪したように見えた。

「とりあえず」と男が引き上げるように言った。「時間もないし、日記を読み進めさせてもらいますわ。構いませんか」

大叔父上は何も言わないで男を射貫くような眼差しを続けている。この老人は、時折、こうして黙りこむところがある。

「構いませんか」と男はくり返した。

わたしはしびれを切らして、大丈夫ですよと言った。いやだったら日記を出すはずはないですし、とっくに止めているはずですよ。この人は話したいんです。そのために来たんです。

「間氷はん、そんな言い方はないですわ」と男が急にわたしの方を向いた。

わたしはぎょっとして男の鋭い目を見返した。

「書くことと読ませることは違いますんや。それなりの覚悟がいるもんでっせ」

いえ、わかっていますと言ったのに喉がうまく動かず、伝わったのか自信が持てない。今一度、わかっていますと心で言った。だって、今そんなことを、書くということは、書くというそれだけは、何と惨めな行為だろうかということを、真摯に考えたばかりなのだから。

「いいや、わかってへん。あんたやわしみたいな素人が、駄作を書いて打ち明けるのが恥ずかしいっちゅうようなもんとは次元がちゃいますのや。こんな大事なこと、おとうさんへの感謝を忘れたらあきまへんわ」

あきれるような男の物言いにわたしの顔は強張った。突然、ひどい。ふらつきかけた頭を支えたくて、うつむいて膝に手をついた。

「まあまあ」となだめる声が聞こえた。「どうぞお読みになるがいいでしょう」

「すんまへんな」

男がわざとゆっくりページをめくる音が聞こえた。老人め、さっさと言えばいいものを。わたしはごちゃついた文面をちょっと横目で盗み見るだけをした。男は改まる目的の咳払いを打って、しばし黙って読んだ。

「写し終えたのに、まだ原稿は送っとらんようですわ。短い日記が続いて、狭山で起こった事件のことも書いてありますけど、コレは狭山事件でっしゃろ。狭山事件いうたら確かに一九六三年や」男はそこで言葉を切ると、顔を上げることなく、取り調べを始めるような調子で言った。「おとうさん、いくつか質問してもよろしいでっか」

わたしが伏し目がちに確認したところによれば、大叔父上は杖を取って開いた足の間につき、わずかに波打っている取っ手に両手を重ね置いて、それから準備が整ったとでも言うように男を見た。わたしは斜めに走る二人の視線の埒外で、脂汗を浮かせて倒れてしまいたいのを隠して座っていた。

「どうして川端康成の住所を知ってはったんです」

「大学時代の伝手がありました。同人雑誌に参加して文壇と通じている者もいましたからね」

「当時、手紙はどこに送られましたか」

「最初は鎌倉で、その後は一度だけホテルオークラを指定されたことがありました」

男は黙り込んで考えた。どうやら事実関係に間違いはないらしい。あなたは、川端康成がいつどこに住んでいたとかまで頭に入れているのですかとわたしは顔を上げ、精一杯の平静を装って訊いた。顔は青白い気がした。

「そんなことは今どうでもええがな」と男の視線は大叔父上から離れない。「覚えてまうと最初に証明しましたやろ」

とりつく島もない。わたしのしょぼくれた目にふっと涙がにじんだ。男はもう、自分には、これっぽっちの興味もないのだ。誰もこちらを見ていないのをいいことに、わたしは沢山のまばたきで波打つものと気分をごまかした。

「おとうさんの様子を見てると、不思議なんですわ。『片腕』が代作やったなんて、ただでさえ身辺ばっかり嗅ぎ回ってきた川端研究がひっくり返るよな一大事でっせ。せやけどおとうさんは、それを自分から口に出す気はなさそうや。わしらが無理に秘密を暴こうとするのを待っているような気がするんですわ。とても懺悔と呼べるもんやおまへんで」

男はまだわしらと言ってくれる。もはや冷静な判断ができないわたしは黙っていなかった。代作が行われたんなら、印税を渡すなり、何らかの契約があったはずでしょう。雑誌掲載だけでなく、『片腕』は表題にした単行本も出ているはずです。そのあたりで、何か自分からは言えない事情があるのではないですか。

「もう川端が自殺して四十四年でっせ？」男はここぞとばかりに眉間にしわを寄せ、深いため息までつくのである。「著作権もぼちぼち切れますわ。確かに、他の作品で代作騒ぎになったもんかて、生前は単行本にも全集にも入ってませんけども、今さら隠し通す意味もあれへんがな。わしは、そんな実益のからんだしがらみのせいやないと思いまっせ。金が欲しいなら、むしろ公表した方が何倍もおいしいわ。間氷はんはおとうさんについて、何か根本的な勘違いをしてるようですなー」

言葉が進むうち、わたしの胸は執拗にねじを回すようにきつく締めつけられた。その圧迫は一つの塊になり、上半身の血を真綿のように吸い取りながら、汚物のように体をせり上がってきた。喉の奥をこすり上げて吐き気を呼び、がらんどうの頭を重たく揺るがす。全身の臓器が縮み上がるような衝動がきて、わたしは前屈みに倒れそうになるのをなんとかこらえた。

「こんなこと言いたないんやけど、黙っといてもらえまへんか？」

男の言葉が側頭に刺さるようだった。そうしようとわたしは思った。そうしよう。変な色気を出さず、今までそうしてきたように、ここでも振る舞うのだ。そうするべきだったのだ。

「おっ」という声が遠くに聞こえた。「日付があれへんけども『とうとう送った』の記述があって、次がなかなか見物でっせ」

川端先生より手紙来て、歓喜し手を震わせ有難く何遍も何遍も読む。この傑作は是非とも活字にしなければなりませんという文面に恐悦し、また震える。筆を執るも容易ならず。眠りも然り。また読み返し震える。

「かわええもんや。当時の川端言うたら問答無用の大作家やし、無理もないですけどなー。茨城の田舎でくすぶっとる文学青年にしたら神様みたいなもんでっしゃろ」

わたしは蚊帳の外で声だけを耳に入れながら、神様、志賀直哉と愚にもつかないことだけを思いながら、一向に去らない体の異変と闘っていた。

「このあたりでの日記がえらい少ないけども、手紙のやりとりで手一杯ゆうとこでしょうなー」

「直したものをもう一度送るようにと頼まれたのです。川端先生が伊豆へ行かれる間でした」

「なるほど」と男が感嘆の声を発した。「吉永小百合の『伊豆の踊子』の撮影を見学したんがこの時でっか。人に書かせて暢気なもんや。なんでも、吉永小百合のそばから離れんで現場がえらい迷惑やったらしいですなー。高橋英樹も、川端は吉永小百合しか見てなかった言うとりましたで」

そこで男は日記を胸の前に上げ、続きを早口に読んだ。

六月四日。一日に届いた川端先生の手紙に写真を送ってくださるようにと有り。聞けば写真は無いと言うので嫌がるのを説き伏せて今日、水戸の小貫写真館まで撮りにいった。小雨が降っていて私たちはそれぞれ傘を差して歩いて行った。先生の「雨傘」を思い出したのは私だけだったろう。写真屋はキミを気遣い装飾用義手のある右を奥にして斜に構えるように盛んに言った。キミは椅子に座って怯えた顔で私を見る。写真屋が私を振り返る。私は首を振る。写真屋は私を睥睨した。私は撮らないのだから猶更だろう。事情も知らずに働く善意を恨んだ。帰り道、川端先生も喜ぶよと言うと、キミはそうですねとおそらく無理に笑った。私は言ったことを後悔した。とても「雨傘」という気分ではなかった。

男が顔を上げて大叔父上の方を見る。「つまり、キミはんがおとうさんの恋人であり、隻腕の娘であり、『片腕』のモデルになった女子《おなご》であるいうことですな。しかし写真を欲しがるなんて、川端らしい話やのー」その口調は独り言のようだった。「ほんで撮影見学のあとは『日本文学全集』の編集会議のはずですわ。自分や他人のどの作品を収録するかあれこれ議論しとる水面下で、代表作となる小説の代作の手はずが整いつつあったっちゅうわけや」

と、男が何かに気付いて綴じられた部分を指でなぞった。大叔父上を見る。

「ここ、二枚ほど破り取られてまんがな」語気は自然と強まった。

「ええ」

男は黙ってページを繰った。また読み上げた。

六月十日。川端先生から手紙あり。キミが宅の住所を教えてくださるよう云々と有り、憤怒を覚える、覚えながら丁重に断りの手紙を返す。お送りしたものは好きにしてくださるようお願い致しますと伝う。

「川端が『片腕』の娘と直接連絡を取ろうとしたのを、恋人であるおとうさんが止めたんでんな。仕方ない老人やなー。吉永小百合に会って盛りでもついたんと違いますか」なんとなく取り入るような口調だった。

大叔父上は答えない。男も返事は期待していないらしく、またページを繰った。しかし、目を通しても読む様子はない。その繰り返しで次々とページだけが進んだ。

「なんや、さっきのとこから川端のかの字もあれへんがな」

「そうです」と大叔父上は言って、内ポケットに手を突っ込んだ。「わたしはそれから手紙を送っていませんし、向こうからも来ませんでした」

男は大叔父上の胸元に目を走らせている。いつもこんな風にして人を観察していたのだろう。しかし、ここで男の役目はわたしである。

大叔父上の胸元からは、くたびれた黒い飴の包みが出てきた。大叔父上が端を切って口に入れると、男はわずかに唇を嚙んだ。

今度はわたしが笑う番だった。声を立てずに鼻息を漏らすだけで、男には十分なはずだった。何の反応もないが、聞こえているに決まっている。大叔父上に顔を向け、深々と息を吸うと、少し楽になった気がした。男は何も言わない。

「わたしは『片腕』を川端先生にくれてやったのです」と大叔父上は言った。「それで小説からも足を洗いました」

「えらい物騒な言い方するやないですか」と男は親指で眉尻を何度か払った。「それで川端が、おとうさんの『片腕』に手を入れて『新潮』に掲載したんでっか」

「手洗いに行ってもよいですか」急に大叔父上は言った。

男が口を歪ませたのは、もどかしさの故だろう。重々しい日記がパタンと閉じられ、わたしはまた笑いそうになった。

「行っておくんなはれ」男は努めて穏やかに言って日記を返した。それからすっくと席を立って道を空けようという時、さりげなく袖をまくって腕時計を確認した。「隣の車両でっせ。付き添いましょか？」

わたしは足を座席に寄せながら、杖を頼りにゆっくり立ち上がる大叔父上に目をやった。日記をしまった鞄は置いていくつもりらしい。「それほど老いぼれては」「なぁに」大叔父上は首を振って相好を崩した。よろよろ通路まで出ようとする。駅が近づき電車は小さく揺れている。大叔父上は杖を先に、よろよろ通路まで出ようとする。永らく座っていたのがこたえたのか、足取りはおぼつかない。

そのとき電車が大きく揺れた。大叔父上は大きくよろめき、腰のあたりを引っぱられるようにして、座席の間に落ちていった。手を離れた杖が落ちる軽い音が響くと同時に、大叔父上の小さな背中が窓の下に叩きつけられた。わたしの足下で。

電車がゆるゆる速度を落として止まった。車内はしんと静まり、外を見ると、岩間とあり、次いでドアの開く音、電子音、アナウンス。わたしは声も出せないで、大叔父上を見下ろした。帽子がずれてちょうど顔を隠している。死んだと思った。母の顔が浮かんだ。何もできずに、はみ出した鮮やかな白髪を見つめた。

ボックス席をふさぐように立つ男は、全てを目の当たりにしてこれといった反応もない。

とりあえず立ち上がると、同じ車両の遠くで、老夫婦が異変に気づいた様子もなく下りていくのが見えた。プラットフォームにはアナウンスの一つもないようで、車内もまたがらんと静まり返っている。

するると、男がおもむろに手を膝について中腰になった。真正面から男の顔を見るのは初めてだった。目尻でひねり上がったような目、少し張ったえら、とがり気味の耳は、どれをとっても左右対称に造形されていた。それらを差し置いて一際うさんくさい幅広な口の、分厚い唇が中央に鎮座している。そこから、へへへというあの笑いが低く漏れ聞こえてきた。

「大丈夫でっか、おとうさん。動けます?」

わたしは男の余裕がわからず恐ろしかったが、大叔父上を見ると死んではおらず、まさに動こうと試みているようであった。ドアが閉まるまでがんばっても、肘をついて上半身を心持ちもたげるのがせいぜいで、見守っていたわたしはなんだか悪い気がした。

「小便かて、辛抱たまらんのやないですか。わしが背負って運びますわ」

それはわたしがやりますから。わずかに残っていた責任感が声を出させた。じんと余韻の鳴る喉が、さっき黙っておくように言われて以来、律儀に黙っていたという事実を思い知らせた。その効力が残っているのか、男はちっともわたしを見ない。何も言わない。大叔父上を威圧するように見下ろしているだけである。

「間氷はんもこう言ってますけど、どないします？」

わたしはなんだか厭な予感がした。再びドアが閉まり、電車がゆっくり動き出す。

「わしと間氷はん、どっちを選びます？」

男の声がいやにはっきり聞こえた。大叔父上は床に転がってからいっぺんたりともわたしを見なかった。見ようと帽子をずらす気もなかった。もう答えは決まっていた。

「君に頼もう」

すぐさまわたしは、その答えを予測していたとでもいうように、まあその方がいいでしょうねと言うのだった。安全というものですよ。みじめに思われないよう顔は笑って、それから卑屈な声で付け加えたことには、わたしだってそうするでしょう。

「もちろんお安い御用ですわ」

返答を聞き、大叔父上はもぞもぞ起き出した。

男は大叔父上のわきに手をさしこんで軽々持ち上げ、一旦席に座らせた。

「痛みます？」

「長引くものではなさそうです」

「さあ、わかりまへんで。レンコン掘った体とはちゃいますのや」

男は身を翻しながらしゃがみこみ、素直に身を任せにかかる大叔父上を背負った。それから、わたしに背いてすっくと立ち、重みを確かめるかのように、少しだけ顔を上向けた。

「しかし『片腕』の作者を背負ってると思うと、なんとも言えん重みを感じますなー」

窓際で小さく縮こまっているわたしからは、大叔父上の顔が少しうずめられるように動いたように見えた。負われた子供のようである。

「おとうさん」男は大叔父上を仰ぎ見るように首をひねった。「わしは何十年後でも、おとうさんの誕生日をはっきり言うてみせますわ」

そういえば、わたしの誕生日はちょっとも訊かれはしなかった。一九八六年の六月十八日。それをなんだかものさびしい、つまらない日付に感じながら、わたしは男の黒い革靴まで視線を下ろした。そばに杖が転がっていた。

「間氷はん、杖ぐらい拾ってもらえまへんか」

わたしは返事も忘れて、足下に転がっている杖をじっと見た。特に持ち手の少し波打ったような部分を。

「気の利かん男やのー」と男は文句を言う。

拾ってみると、杖はとても軽い、粗末で、なんだか頼りのないものであった。

「渡さんかいな」と男は凄み、大叔父上から離した片手をひらひらさせて促した。

「用を足すときに必要やがな」

ああと呻いて杖を渡す。わたしだってものを考えないのではない。日頃は周囲の人間からも一角の人物としてならしているのだが、わたしよりものを考えられる人物がいる中で、わたしがものを考える意味はないような気がしてきて、考えられなくなるのである。

男は大叔父上を背負って右腕で支え、左には杖を持ち、少しもふらつくことはない。例えば、小柄で痩せた文学趣味の老人くらいなら、もう一人ぐらい背負えそうであった。

「ほな、行きまっせ」と男は歩き始めた。

大叔父上の帽子が天井から垂れ下がった広告をはね上げた。揺れ動く広告のゴシップ見出しの、視力に堪える文字をなんとなく読んであらかた読み終える頃、車両をつなぐスライドドアが大きな音を立てて閉まった。

車両には一人だけになった。二人が座っていた席にはそれぞれのカバンが残されていて、わたしは荷物番である。

座席に立てかけられた大叔父上の鞄は、小さな持ち主がいなくなるとさらに小さく見えた。年季の入った革製で、ところどころすり切れたり染みになったりしている。わたしはそれを見る振りで景色を眺めた。しかし、気付けば鞄が目に入っていた。

わたしは首を伸ばすようにして二人が消えた方を見つめた。トイレは、隣の車両の奥にあるらしい。男はどうしてそれを知っていたのだろう。

そんなことだけ考えながらわたしは大叔父上の鞄を手近に引き寄せていた。膝に載せ、差し込み錠の冷たい金具を外した。

その時、扉の方から音がした。わたしは面食らって大叔父上の鞄を放り出した。見ると、ドアを開け放したまま、男がこちらに歩いて来る。幸い、わたしはまだ死角にいた。なるべく元通りに戻しておいたが、金具を戻していないことに気付いた時にはもう男が、ボックスシートの肩についた四角い手すりに肘をついて立っていた。

「見たとこ、軽いうちみかなんかですわ」

水戸駅で手当をしてもらった方がよいですかね。とりあえず安心しながら訊ねた。

「手当は老人ホームで飽きるほどできまんがな」と男は先程までとはちがう粗野な笑いを浮かべて言った。「死ぬまで手当みたいなもんやよってに」

平気ならいいのですが、途中で痛み出したら面倒なことになりますよ。男の目をつかまえておきたいがために、わたしは男から目を離さなかった。

「間氷はん、おとうさんは忍耐の人でっせ。自分の手柄がノーベル賞作家のものになるのを、五十年以上もただ横目に見ていた大人物や」

小人物のわたしが大叔父上を見くびっていると言いたいのだろう。どちらが身内かわかったものではないが、今、こんな言葉の数々は痛くもかゆくもなかった。それでもわたしは、かすかな痛みの相をつくりながら、肉体的な辛さと精神的な辛さは違うでしょうと言った。当然、それに対する忍耐の仕方も違ってくるんじゃないですか。

「結局は精神の忍耐にはなりまへんか？」

相対的な強い弱いはあるでしょう。あの人はレンコン掘りという肉体的な辛さには耐えられなかったじゃないですか。

「なるほど、一理ありまんなー。間氷はんはどっちです？　落ち着いたように見えますけども、精神の忍耐には強いんとちがいますか？」

どうでしょうねとわたしは笑った。ただ、それも状況や、その前の覚悟にもよりますから、一概には言えませんよ。あの人だって、自作が他人のものになる苦しみは予想できても、レンコン掘りの苦しみは予想できなかったのかもしれません。それに、わたしたちに明かしたということは、精神的な苦しみに耐えられなかったとも言えるんじゃありませんか。とはいえ、こんな結果論を待たなくたって、先のことはわからないでしょう。あなただってそういう考えのはずですよ。

男は何度もうなずいたが、だんだんにやけてくるようであった。わたしは自分が喋りすぎていることに気づいた。

「ほんなら今わしが間氷はんを追及したら、耐えられるかどうか、間氷はんにもわからん言うことですな」

追及？　とわたしは時間を稼ぐために言った。確認したい一心を抑えて、鞄を見ないように努めなければならなかった。それから喉に力をこめた。何を追及するって言うんです？

「例えばの話ですがな」と男は交差させている足の前後を入れ替えた。

男は鞄を一度も見ていないはずだが、そんなことはあてにならない。動揺がいとも簡単に戻ってきた。

「ところでさっきのおとうさんの話、ほんまやと思いますか？」

男の質問は川端康成のことだろう。どうでしょうねと曖昧な台詞を言いたいところだが、言えば声が震えるに決まってる。もはや本当か嘘かなどという意見はなかった。

これといった表情なく見下ろしている男が、黙りこくったこの態度から何を汲み取ったのかさっぱりわからない。耐えられなくなったわたしは、思いきりのいい咳払いでなけなしの自信を絞り出すと、そんなことよりあなたはどうして戻ってきたのですと喘ぐような声で応戦した。

「どうしてや思います？」と男の顔は相変わらずである。

わたしを試さないでください。いやらしく笑うつもりが真面目な懇願の声になった。

わたしを見つめる男の目が厳しいものに変わった。その眼差しがわたしの眼底に樋を渡して、そこからひどく冷たいものを心臓まで流し込んでくるように思われた。わたしの体は小さく震え出した。

男がゆっくりした動きで、肘をついた方の手首を返し、ある一点を指さした。

「間氷はん、すんまへんけど、おとうさんの鞄取ってもらえまっか？」

息が止まり、汗が噴き出した。心臓は力任せに握られたように萎縮し、どっと溢れた冷たいものが体を凍り付かせた。いっそすぐに動いてぞんざいに渡せばよかったが、もう遅い。

男はわたしの正面、問題の鞄の横に腰を下ろした。大きく開いた膝が、わたしのをくわえ込むようだった。そして、もはや見慣れた余裕綽々のいやらしい笑顔がわたしの顔をのぞきこんできた。

「どないしたんや。どえらい顔色でっせ？」

またあの尋問が始まるのだと怯えたとき、男の骨太の手が大叔父上の鞄の紐をつかみ上げた。わたしの目前で鞄が宙にぶら下がり、外れた金具が打ち合う、何かを宣告するような寒々しい音がカチカチ鳴った。

「おとうさんに鞄を持ってくるよう頼まれましたんや」

わたしは意味をうまく理解できず、針の筵で震えながら、その場をやり過ごすしかなかった。男はそれ以上何も言わないで立ち上がり、さっさと行こうとしたところを急停止して、自分の鞄にも手をかけた。

「一応、わしのも持っていきますわ」と男の声が聞こえた。「ほんま物騒な世の中でっせ。間氷はんも人を見たらなんとやら、用心することですなー」

捨て台詞を吐いた男は、遠慮のない馬鹿笑いを高らかに響かせて歩き出した。返事のできないわたしの耳には、それよりも、革靴の鳴るいかめしい音がよく聞こえるような気がした。突然、何か硬いものがつぶれて割れたような高い音がしたが、男の歩調は変わらないようだ。やがて扉が閉められた。

再び一人残されたわたしの頭の真横を、景色が混沌と色のまま流れた。一駅、二駅がすぐに過ぎた。わたしは二人が戻ってこないのを不思議に思うこともなく、ちょうど体の調子が優れないときにいつまでもそうしていられるように、ただそこに座っていた。

と、つま先に何かが当たって止まった。焦点を合わせると、あのごま塩の容器である。大きなひびが入っていた。あの男が踏み割ったのだ。ひどいことをすると思うが、歪《いびつ》になったせいで、この容器は不思議と物静かに転がれるようになったようだ。そうして車内をずり下がるようにわたしのところまできたのである。透明な筒は無個性で安っぽく、ひび以外に数え切れない傷が付き、中は空だが、内側が粉っぽく曇っている。もともとごま塩を入れて売っているものではなく、百円ショップか何かで買ってきて詰め替えたものらしい。蓋が容易く外れたのも頷ける。

この持ち主が座っていた席の床に目を凝らすと、黒い粒がいくらでも見えるような気がした。哀れな女が移し替えたごま塩は、あるものは地べたに散逸し、あるものは自らの手で残飯として捨てられることとなったわけだ。わたしのしょぼくれた目には、その黒い点々が、取りこぼした活字に見えてしょうがない。手を伸ばし、床に容器を立てて置いた。

結局、大叔父上と男は二度と戻って来なかった。わたしは水戸でいったん降りたが、二人が出て来ないことを確かめると、上野行きの電車で引き返し、家まで帰り着いた。報告も何もしなかったが、後日、母から三万円が振り込まれた。

15

わたしは以降も変わらず読書家であった。川端康成を読み漁るなど、しばらくはその傾向に多少の偏りと反省と悔恨の色が見られたものの、読書家としては概ね健康といってよかった。

わたしが「本物の読書家」という言葉をブログで使ったことは一度としてない。それゆえ、男の言葉は実に甘美な響きを持ち、間抜けにもそれを真に受けることになったのだった。

現在、わたしのリストの最上部には『或る「小倉日記」伝』とある。昭和二十七年下半期の芥川賞を受賞した松本清張のこの作は、森鷗外の「小倉日記」の行方を探す目的に生涯を捧げた男の物語である。選考委員であった川端康成は「私は終始これを推した」とだけ書いた。

主人公は障害を持ち、嫁も来ず、母と一緒に「小倉日記」の取材に歩き回る。しかし、在野研究は戦争に中断され、戦後の食糧不足で病は悪化する。そのまま志半ばで亡くなり、小説もとじられる。

昭和二十六年二月、東京で鷗外の『小倉日記』が発見されたのは周知の通りである。鷗外の子息が疎開先から持ち帰った反古ばかり入った箪笥を整理していると、この日記が出てきたのだ。田上耕作が、この事実を知らずに死んだのは、不幸か幸福か分らない。

冒頭にも田上耕作の名はあったはずだが、わたしはこの結末で、車内の男の名字もまた田上であったことに初めて思い至った。

田上という名、作家を追跡する筋、川端康成。残念ながらわたしには、この三つの数奇なつながりを偶然と捉える度量がない。なぜならわたしは「事実は小説より奇なり」という心のこもらぬ慣用句を忸怩たる思いで聞く人間だからである。

わたしが気乗りせずとも考えないでもなかったのは、そもそも男が、川端康成について嗅ぎ回っている「田上耕作」であった可能性であった。

古書を売るとき、立ち会ったのは母だけだった。それが田上を名乗るあの男だったとは思わないが、母はそこで心証を良くしようと川端康成の手紙のことを話したのではないか。川端の手紙に興味を持った先方は大叔父上に掛け合ったかも知れないが、どうせ無駄骨に終わっただろう。そこで、母と連絡をとりつつ、わたしと大叔父上の元にあの男を送り込んだ。もちろん、こんな直接ではなく、まわりまわってということもあるだろうが、きっかけはそうではなかろうか。

考えてみれば、母親が三万円を出すというのをもっと疑うべきだったかも知れない。教育費や食費をけちることはなかったが、年を重ねていくにつれて無駄な出費を偏執的に避けるようになった母は、わたしが高校を卒業して以来、千円だってくれたことはないのだ。いくらかの金と引き換えに、情報を売るぐらいのことはするだろう。

そうすると、男が大叔父上の好物だとかいう崎陽軒のシウマイ弁当を持っていたのも納得できる。大叔父上が来る前に弁当が買えなかったというのも母の差し金ではないか。また、男が『黒い笑い』を持っていたことも、まるでわたしの知っていることを承知しているように話を展開していたこともそうだ。

というのは、文学の話題ばかりを石積むように書き連ねているわたしのブログを、母は昔に盗み見て以来知っている。そこには『黒い笑い』は言うまでもなく、太宰治の「徒党について」もサリンジャーも、大抵のことが書いてあるばかりか、これまでわたしが読んだ本を逐一登録している読書サービスのサイトにも紐づけられているから、それらを見れば、ぞっとしないことだが、わたしのほとんど全てが知れるはずである。わたしがその時点で『或る「小倉日記」伝』を読んでいないことを確かめて、気の利いた偽名で遊ぶこともできるだろう。

同伴者のわたしの警戒を解くためにそこまでするのも大変な話だが、あの男なら赤子の手をひねるようなものである。古書店を呼んだのが二ヵ月前だったから、わたしのほとんど全てとやらは、たったそれだけの時間で、あの男に取り込まれてしまったことになる。ましてや男はそれをわたし以上の正確さで使いこなし、当人であるわたしを丸め込み、川端康成についても余りに詳細で多岐にわたる知識を有し、作品の数々の細部を暗唱し、小説家達の誕生日まで網羅している。それが男の平生からの知識なのか、あの日のために用意されたものなのかはわからないが、その全てを具えているところを見たのだから、どちらにしろ同じことだ。

母に真偽を問い詰めようなどとは思わなかった。自分の愚鈍を蒸し返すのが厭さではない。むしろ、当然のように大叔父上が男を選び、愚鈍なわたしが取り残され、今も何も知らないでいるという事実は、わたしをこの上なく慰めるようにも思えた。これがどんなに負け惜しみに聞こえるとしても、けばけばしい真相にできることがそれほど多いとは思えない。

ところで、わたしが常磐線の車内の床に人知れず立てておいたプラスチックの容器。白と黒からなるものを詰めて全てぶちまけておくのに最適なようにできていたあの容器。静かに終点まで運ばれて回収されたはずだが、わたしは今になって、ひび割れたあれを小旅行の手土産に持ち帰ってくるべきだったと思っている。本棚と天井の間のわずかな隙間に空のまま置いておくとかして、目に入るたび自らに、本物の読書家たれと馬鹿馬鹿しくも言い聞かせるために。

16

　さて、著しく客観性を損なっている、わたしの職業的背徳と個人的趣味に基づく十本目のこの記録が小説になるかどうか、わかったものではない。ただし、この顚末が、これまで関わった数々の案件の中でもとりわけ文学的弾力を有していたために、わたしのなけなしの想像力を赤々と焚きつけ、純粋な記録から遠ざけたということは言ってもよいと思われる。文学的とは、単に話題がそうであったという意味ではなく、一八九九年四月二十二日に生まれたナボコフが以下の如く書いた意味においてである。

　文学は、狼がきた、狼がきたと叫びながら、少年がすぐうしろを一匹の大きな灰色の狼に追われて、ネアンデルタールの谷間から飛び出してきた日に生まれたのではない。文学は、狼がきた、狼がきたと叫びながら、少年が走ってきたが、そのうしろには狼なんかいなかったという、その日に生まれたのである。その哀れな少年が、あまりしばしば嘘をつくので、とうとう本物の獣に喰われてしまったというのは、まったくの偶然にすぎない。しかし、ここに大切なことがあるのだ。途轍もなく丈高い草の蔭にいる狼と、途轍もないホラ話に出てくる狼とのあいだには、ちらちらと光ゆらめく仲介者がいるのだ。この仲介者、このプリズムこそ、文学芸術にほかならない。

文学は作り物である。小説《フィクション》は虚構《フィクション》である。物語《ストーリー》を実話《ツルー・ストーリー》と呼ぶのは、芸術にとっても真実にとっても、侮辱だ。すべての偉大な作家は、偉大な詐欺師だ、が、そんなことをいえば、かの最《さい》たるぺてん師〈自然〉にしても違いはない。〈自然〉はつねに欺く。繁殖のための単純な惑わしから、蝶や鳥たちに見られる途方もなく凝った保護色の奇術に至るまで、〈自然〉のなかには、魔法と詐術の見事な体系が存在する。小説の作家はただ〈自然〉の導きにしたがっているだけなのである。

ここでちょっと、狼がきたと叫んだ、森林地帯の、小さな、頭のおかしい、われらが少年のもとに戻れば、こんなふうにいっていいだろう――芸術の魔法が、少年が苦労して発明した狼の影、彼の狼の夢のなかにはあった、だからこそ少年の詐術が生んだ物語は、いい物語になったのだと。彼がついに滅びたとき、彼にまつわる物語は、キャンプファイアを囲んだ暗闇のなかで、いい教訓として伝えられた。が、彼は小さな魔法使いだったのだ。彼は発明家だったのである。

わたしは、新たな仕事に臨む際はいつでもこれを肝に銘じて宣誓し、繊細で美しい書きぶりのひとひらずつを味到し、ホラ吹き少年としてそこに居られる僥倖に脳を嗚咽させる者である。ごく一部の話ではあるが、探偵とは、村人の皮をかぶった狼の皮をかぶったホラ吹き少年の謂いであり、それは作家や詐欺師の仕事ぶりによく似たものだ。

二十一世紀以降のすべての作家と探偵と詐欺師の書棚には『詐欺とペテンの大百科』が収まっている。彼らは既に行動されてしまったその事実をよくよく検討する必要に迫られているが、掲載された心躍る数々の詐欺を模倣するわけにはいかず、手をこまねくのが主な仕事というところだ。模倣を利用した詐欺は数あれど、模倣された詐欺などは詐欺と呼ぶに値しないのだから。

わたしが男のおかげで読みの腰をあげた『黒い笑い』には「全般的にいって、体力の弱そうなタイプの人たちが芸術に熱中する、ということは事実だ」という、ともすれば血液型占いに類する興味深い記述があった。これを座のおつむの程度に応じて一笑に付すのは簡単だ。しかし、そのソファの一つにナボコフが身を沈めている場合であれば、当人の気に入るかは別にして、少なくともよりましな議論を展開しようと思うのも無理はない。〈自然〉における魔法と詐術は、その個体数の当然の帰結として、相対的な弱者により多く現れることになる。例えば、擬態の目的は攻撃・隠蔽・繁殖という三つに大別されるが、その中でも、隠蔽に用いるものが圧倒的多数を占めている。〈小説〉という言語的多様性《ラズノレーチエ》の庭においても変わりはない。一つ残らず調べ上げれば、それは自然界と全く同じ、隠蔽に多くが割かれたバランスで現れていることが発見できるだろうし、攻撃擬態でさえ、立場を変えれば隠蔽として機能するように、細部で毛細血管よろしく入り混じって結局は厳密な判別を拒むことになるであろう点すら全く同じなのである。

そんな弱者の色彩を帯びたこの記録だが、わたしの得がたい忠実な相棒であり常磐線では内ポケットで名刺入れとともに息を凝らしていた録音機によれば、三人の主要登場人物の台詞は、音声と文章で驚くべき類似を示している。これはわたしにも初めての体験であった。あの他人同然の大叔父と大甥がすべてを知って、この記録を小説にさせるべく振る舞ったように思えたほどだが、文章が連なっていくに従ってその認識は誤りだとわかった。彼らはそのようにしか擬態できないということがはっきりしてきたのである。

今、わたしは一つの確信を得ている。それは、もしも「事実は小説より奇なり」だとするならば、その事実の構成員に本物の読書家は含まれないというものだ。本物の読書家は事実の中に棲まうことを拒否すると言い換えてもよい。しかし彼らは事実を愛してもいて、この矛盾は、フランツ・カフカのこんな奇妙な言い方に落ち着くことになる。

ぼくは彼女を愛していて、それで彼女と話すことができない。彼女を待ちぶせるのも、彼女と出会わないためである。

「事実は小説より奇なり」。わたしにとって大助かりなのは、この人口に膾炙した文言を書きつけたバイロンもマーク・トウェインも、その良心にもとづき、念の入った注釈を加えているという点である。より身近な男だけを取り上げる。

一八九五年、マーク・トウェインは借金返済の一環として世界を講演して回った。それは、これも借金返済のため『赤道に沿って』という旅行記になった。その第十五章「ワガワガとイギリス名門貴族相続事件」のエピグラフにはこうある。

たしかに、事実は小説より奇なり、である。だが、それは小説というものが、本当にそんなことがありえるかどうかを無視できないからである。その点、事実は違う、ありえるかどうかなど問題ではない。実際に起こっているのだから。

――まぬけのウィルソンの新カレンダー

もちろん、本物の読書家たちはそんな風に読みはしない。小説を蓋然性の秤にかけるような真似は厳かに拒否してくれる。それでいて彼らは、現実では何が起こるべきで、何が起こってはいけないかの判断を下せぬぼんくらではないのだ。むしろ、それを知りすぎたことに耐えかねて反射的に跳躍してしまい、二度と元の足場に戻れない異邦人たちなのである。それで彼らは、ひょんなことから「事実」の当事者になった一大事にうまい言動を思いつくことができず、二進《にっち》も三進《さっち》もいかなくなり、たびたびその円滑な物語進行にブレーキをかける羽目になる。これが歴とした役割を担っていた時代すらあったのだ。

　つまり、「事実は小説より奇なり」とは——本物の読書家がいつもの悪い癖で黙りこみ、じっと様子をうかがうことに終始した時に、そこかしこで発生する突拍子もない事実の玉突きと上滑りを間近で見ていた——二流の歴史家による気が抜けた感想に過ぎない。

　マーク・トウェインは、詳細を述べればわたしの記録の印象を薄めてしまうにちがいないティッチボーン家相続事件に言及して、事実と小説が袂を分かつ事の次第をもう少し説明してくれる。そして、その文章は偶然にも、この記録の末尾に煙玉のように叩きつければ、あるいは犬猫が後足でかける砂のように用いれば、霊験あらたかな効果が出るように出来ているらしい。

この有名な事件の詳細を思い出すと、小説に許されるほんのわずかな冒険と比べれば、事実というものは、話を構築する過程で、実に大胆な冒険をするものだとあらためて驚かされる。小説家には、このみごとなティッチボーン事件の素材を使って、小説に仕立てることはできないだろう。まず、主人公を物語からはずさなければならない。読者が、そんな人物はいるはずがない、ときっと言うからだ。しかし、主人公は実在し、事件は本当に起こったのである。

未熟な同感者

先生のゼミに入ったのは事の成り行きとしか言いようがない。選考が進んでいた頃、私は親しい叔母を亡くして実に何もする気がなくなったところで、希望も提出せずに両親のもとにいた。叔母は相貌には恵まれなかったが、大量の知識を厳かに沈めた発酵樽を大いに出し惜しみ、最もきれいな上澄みだけを滲ませて輝く、そんな人物であった。その振る舞いはガンの細胞にも変わることなく、発覚してあっという間に逝った。マンションの窓から沈みゆく夕陽を何日続けて見たことか知らないが、ゼミの選考期限が来て、明らかに重篤な花粉症の大学職員から電話がかかってきた時には、登録可能なものはそれ一つしか残っていないということだった。初回の講義も私は休んだ。担当の准教授にもゼミ生にも会ったことがないから連絡も来ない。本当に登録できたのかも疑わしい中、次の週に——かなりの遅刻をしながら——顔を出すことにした。

冷たい金属のドアをそっと開けると、三人並んだ学生が一斉に首をこちらに向けた。男一人に女二人。真ん中の女学生の顔はよく見えなかった。中空きの四角に並べられたテーブルの一辺で、彼らは身を固くしていた。

反対側のテーブル全体にノートと資料と本をばらまいていた先生は私に一瞥もなくフローベールについて喋っていた。片田舎に閉じこもって『ボヴァリー夫人』を執筆していた頃のある夜にしたためられた、恋人に宛てた手紙の一節を、ぼそぼそと。

こんなことを考えて憂鬱になった挙句、どんなところへ考えが向い、どんな欲望が湧いてきたか分りますか？　きれいさっぱりと文学なんかおっぽり出して、もう何も書かず、きみと一緒に、きみの内に暮しに行き、頭を絶えず手淫して文章を射精させる代りに、この頭をきみの乳房の間に憩わせたいという欲望です。ぼくはこう自問したのです、「芸術」は、ぼくにとっては憂苦、彼女にとっては涙と、これほどの難業苦業に値するものなのだろうか？

（ルイーズ・コレ宛　書簡『フローベール全集　9』）

手淫という言葉のあたりだったか、アッシュブラウンに髪を染めた一番手前の女の子が、突っ立っている私へはにかんだような笑顔を向けて、椅子を引いてくれた。頭を下げて隣に座ると、彼女の甘い香水が鼻をついた。

先生は年の頃が四十といったところで、細い指が慌ただしく資料を繰りながら、話の進みはあまり要領を得なかった。それにも拘わらず私が、その講義内容を概ね正しく書いていくことができるのは、間もなく先生が全てを放棄して失踪した時、講義を文章にまとめたノートが、私の家に送りつけられたからである。

誰かが文章を書く時、書かれた文章は、その都度の射精のように、当人にとって正しいものとなる。手を動かしている最中どんなにくたびれようと、事が終わってどんな後悔に苛まれようと、その時、その場で、その文章が書かれた瞬間が、当人にとって、正しいものであったことに疑いの余地はないわけだ。しかし、それゆえに、どんなに正しいものを書いたとしても、その正しさはその一時限りで、一生の糧に代入することはできない。その正しさを幾度も更新して、ある物事を表現するのにただ一つしかない『適正な言葉』にたどり着くことを目指し続けるのが、書くという行為が続くということである。

そういうわけだから、右のように肥大した文字列の話者は特定されるべきではないし、あの教室にいた彼らが耳にしたのも、こんなまとまりのいい言葉ではない。これを脚本にするなら特定の人物をあてざるを得ないとしても、そんなことを許すわけにはいかないのだ。この種の太字が、複数の声がいくつも重なった反響音の如きものに思われ、むしろ本来あるべき数を表すにはずいぶん手抜きなのではないかとふさぎこんでしまうぐらいな私には、数々の文学作品の映像化が無残な出来に終わることが、せめてもの慰めになるというわけである。

私の思い出話（最後は美人がそうでない者をビンタして終わる）は、この太字にずいぶん脂を吸い取られているので、わざわざ霞のようなものを味わいたくない読者は、今すぐにでも離席するのがお互いのためだと私は考えている。繰り返しになるけれど、その言葉を実際に聞いた者が誰ひとりとしていない以上、そんなものは恐るるに足らない心霊現象に過ぎないのである（おわかりいただけただろうか？）。

フローベールは『ボヴァリー夫人』を書くにあたり、「過剰なまでに比喩にのめり込んでいく癖」を抑えて、「文体に我を忘れ」ることなく、簡潔にそぎ落とされた言

葉を選んでいった。一般に射精のオーガスムは、精子と精嚢液の混合物が射精管を通る際の刺激によって得られると考えられている。ならば、痛みも伴う危険はあれど、より通りが悪い、抵抗の大きい粘液の方が大きな刺激を得られると言って差し支えあるまい。『適正な言葉』を目指し、頭を絶えず手淫して文章を射精する生活を、フローベールは四年半続け『ボヴァリー夫人』をものしたのである。

私の同期たちがこんなことに興味を持っているかということについては、この時点でもかなり危ういものがあった。誰が社会学部の卒論で文学をやりたいと思うだろうか。

『適正な言葉』を探し続けることを厭わなかった人間に、宮沢賢治がいる。一九二四年に出版した『春と修羅』を印刷所に出した後でも推敲した、と、ここまでは色々な作家の評伝でも良く聞く話だが、賢治はそれが出版され、評価はされたが流通も上手くいかずろくに売れなかった後でも、手元に残った数冊の本に直接書き入れる形で、細部に手を加え続けている。その態度は、出版されることのなかった第二集、三集においても変わらなかった。

賢治は完成することのないそれを心象スケッチと呼んだ。一九三二年の手紙にはこうある。

こんな世の中に心象スケッチなんといふものを、大衆めあてで決して書いてゐる次第でありません。全くさびしくてたまらず、美しいものがほしくてたまらず、ただ幾人かの完全な同感者から「あれはさうですね。」といふやうなことを、ぽつんと云はれる位がまづのぞみといふところです。

「完全な同感者」という言葉について考えるにはまず、宮沢賢治が「同感」という言葉をどのように用いているか検討する必要があるだろう。一九三一年、草野心平の詩誌に寄稿を頼まれた賢治は文語詩を送ったが、草野心平は『春と修羅』のようなものにしてほしいと書いてきたらしい。その返事の下書きに「同感」の言葉が見つかる。

拝復　貴簡之を了す。就て新に稿を索めたれども近年僅に録する処概ねかの類のみ。それにして「春と修羅」などの故意に生活を没したるもの、貴下に同感を得しこと兼て之を疑問とす。或はその自然描写の点なるや。然れど感覚の

「生活を没したるもの」に同感を得たことを「疑問とす」るということは、賢治の中で、草野心平は「生活」にいる人間ということだ。彼は、賢治を「世界の第一流」と呼んで憚らず、存命中も死後もその名を広めるのに尽力したが、そこから送られる同感の言葉は受け容れられることはなかった。

常日頃から抱いている言葉未然のもの、言葉にならず行動の源としてのみ機能しているものが本心だとして、それに比べれば、言葉はそれにのるかそるか、使いようでどうとでもなる気紛れな道具でしかない。なら、それを信用するわけにいかない。それを無邪気に投げかけてくる人間もまた、信用するわけにいかない。もしも「完全な同感者」がいるとすれば、その人物から言葉が聞こえてくるはずがないのだ。

私は、このゼミで語られていたことが「一般言語学講義」のようなものだとは考えていないけれど、ごく一部の学生を立ち上がらせ、しかしすぐにその場へ着席させ、周囲の声を聞こえなくさせるようなものであったことぐらいは、請われれば証言するつもりだ。私はいくつかの本もそのように通り抜けてきたのである。

宮沢賢治と同時代を生きた人間にフランツ・カフカがいる。

カフカは一八八三年に生まれて一九二四年に結核で死んだ。宮沢賢治は一八九六年に生まれ、一九三三年に結核で死んだ。二人には死因のほかにも共通点がある。大量に書き、遺稿が残され、評価を得たこと。他にも、家の裕福、病身、菜食、結婚への忌避、ビジネスへの興味、父と宗教、妹愛、自然愛、死後の聖人化、奇妙なほどたくさんの共通点だが、こんなことは同感者の証拠にはならない。

しかし、彼らが多くの作品を完成させることができなかったという創作態度に限って、つまり『適正な言葉』を求める仕方という意味において、仮に「同感者」と置くことならばできるかもしれない。それでもやはり、その「同感」には何の根拠もない。

だから宮沢賢治は手紙においても、用意周到に『適正な言葉』をさがし、その揺らぎを間違いなく内包する――それぞれが指し示すものに代わる名詞である――代名詞を用いている。「あれはさうですね」と、ほとんど意味伝達の役をなさない最低限の言葉を。

きりよいところで、先生はトイレに出て行った。

ドアが閉まって廊下との空気が隔てられると、三人の学生たちは椅子を引いて思い思いに体を伸ばした。私に席をくれた彼女は、小さなバンザイを横に広げて胸を突き出すスタイルで長い息をついた。

「どう？」その最中に、屈託のない笑顔が私に向けられた。

私はなかなか感じのいい彼女と打ち解けたくて、甘い香りを存分に吸いこんでいるところだった。慌てて胸をふくらませた窮屈な笑みを返した。

「変な先生だね」

「うん、ちょっとヤバいよ。先週からずっとあんな感じ」

「でもわかってきた」とメガネをかけた男子が奥から言った。「途中でトイレに行くから、その時にできるだけ体力を回復するといい。じゃないとやってらんない」

「結構長いよね？」

「腹が弱いんだよ、多分」

うんうんと隣の彼女は笑顔でうなずいた。それから「ていうか」と短く言って、両手の人さし指で私と奥の二人をそれぞれ差した。「これで全員そろったんじゃない？」

実に嬉しそうな彼女から始まった三人分の自己紹介を、私は遅れてきた者として、恐れ多い気分で聞くことになった。

隣の彼女は、道中あかりという人生を送るにはなんとも頼もしい名前を持っていた。化粧はぬかりないのに、自分で切りでもしたのか前髪はがたがた。その下で口角を跳ね上げて笑うから無邪気な子供のように見え、彼女が欠かさずふってくる香水の甘さは、私の中でじきにベビーパウダーの甘さと区別がつかなくなった。

メガネの男子は野津田慎吾といって、親がこの前解散したSMAPの香取慎吾の大ファンだという小話を含む手慣れた自己紹介をした。ごわごわした硬い髪を短めに切りそろえ、太い黒縁メガネの加護のもと、細い目を気の赴くままにますます細め、本家とは似ても似つかず、根も明るいらしかった。

二人に挟まれたもう一人の女の子は、不用意に見てしまうと息が止まるぐらいの美人だった。白いロングTシャツ一枚の薄着で、その襟元からのぞいているまっすぐ張った鎖骨に左の中指を置いたまま待っていた。その隣の薬指は、爪のところが少し潰れたようになって段ができていた。

「あたし？」番がきた彼女は、首をすくめて道中あかりに言った。

「しか残ってないね」

「間村季那」おまじないでも唱えるように言うと、大きな口を横に広げるだけの笑顔を見せた。

　以後、私が自分の容姿をどんなに些細な形でも誇らなくなったのは、間村季那がこの世のどこかで薄着で笑顔を浮かべていることへの剣呑からだ。最初に断っておくと私は、このまとまった文章でかなり贔屓めに取り上げられる人物のフルネーム――間村季那――を、文章構成上に多少の障りがあろうとしつこいくらいに書き連ねるつもりである。彼女は言ったとか、彼女はそれに手を添えたとか、そんな風には書きたくない。するのはいつも間村季那、間村季那である。誰か人間を評する時に誇り高いとか率直だとか言うことができず、引け目がないとか陰がないとか、おもねったところがないとか言い始めた臆病者がいるが、私はどういうわけか、そういう遅々の歩みをもって韋駄天を証明するような人物には全幅の信頼を置くことにしている。真に迫るとは、いつも煮え切らない言い方の継続を指すのである。私にとっての間村季那は、そのあらゆる言い方に適い、それでも言葉が足りないと感じさせるような人間だった。私の叔母がかつてそうであったように。

　残念なことに、見とれる間もなく先生が戻ってきて、私の面白みのない自己紹介は帰り道になった。何はともあれ、私はこのゼミに入れたことを喜んだ。少なくとも、それ以上を望まなかった。

翌週から、私たちは購入を義務づけられている『サリンジャー』の精読に入った。隠遁作家にまつわる証言集と言うべきこの本は、私たちがこれについて学ぼうとしていたあの頃のさらに三年前に刊行されたものだ。

サリンジャーほど「完全な同感者」を求め、考えた者はいない。

先生は入って来るなり付箋だらけの本を開いた。その向かい合わせのテーブルで、私たちは真新しいぶ厚い本に、腕でごしごし開き癖をつけながら読み進める。二週かけて読んだのは、サリンジャーの第二次世界大戦での経験である。

それは「Dデー」つまりノルマンディー上陸作戦から始まる。サリンジャーは『キャッチャー・イン・ザ・ライ』の六章分を持ち込み、戦争の間もタイプライターで書き続けた。しかし、彼が戦争体験を詳しく書いて発表したのは、Dデーのすぐ後に書かれた「魔法の塹壕（The Magic Foxhole）」だけである。

私たちはDデーの作戦決行時刻二十分前に到着する。海岸には「A」中隊と「B」中隊の死体の山、それに何人かの水兵の死体以外なにもなく、眼鏡を捜して砂の上を這い回っている従軍牧師がいるだけだった。彼は動いている唯一の物体で、八十八ミリ砲が彼のいる辺りを吹き飛ばした。四つん這いになって、眼鏡を捜していた辺りを。彼は死んでしまった。（中略）

これが、私が着いたときの海岸の様子だ。

他の兵士も海岸で祈りを唱えて回る従軍牧師の姿を証言しているが、実際に牧師が死んだかは定かではない。上陸後、サリンジャーの第四師団は大きな犠牲を払いながらドイツ軍が水をせき止めてつくった浸水地を抜け、「ボカージュ」と呼ばれる小規模の土地を生け垣が不規則な形に縁取る地帯を進んでいく。そこに隠れたドイツ軍の銃撃と、的確に配置された地雷を恐れながら。

Ｄデーから三日が経ち、アメリカ軍が三百の兵を失いながら敵の拠点である小さな街を占拠した際、ドイツ軍が降伏の白旗とともに姿を現した。長い交渉の末、捕虜の引き取りが行われることになり、アメリカ軍のエヴェレット中尉は数人とともに進み出た。その模様を見ていたジョー・モーゼズ中尉はこう証言している。「死角から、仲間の一人と思われる機関銃を持ったドイツ兵が現れて、エヴェレット中尉と護衛兵に向け二十メートルほどの距離から発砲した。エヴェレットの頭、それに右頬から右胸にかけてがハチの巣になったよ。他にも下士官が一人殺されて、二人が負傷した。」

それから起こったことについて、ドイツ側からの詳しい証言は残されていないという。穏当に言えば敵に対する容赦がなくなったアメリカ兵は再び捕虜を取ろうとは微塵も思わなかったからだ。

サリンジャーは戦闘兵ではなく防諜部隊に所属していた。突撃する兵士たちをサポートする有益な情報を集めるのが主な職務で、命の危険という意味では最前線に配置される兵士たちに比べていくらかの余裕はあったかもしれないが、状況はめまぐるしく変わったはずだ。前線の後ろにいようと、孤立したドイツ兵たちと出くわせば戦闘が始まる。そんな中で、書くことは続けられた。戦地からウィット・バーネットに送った手紙にはこう書かれている。

ジープから降りてできるだけ早くたこつぼに入る六フィート二インチの筋肉とタイプライターのインクリボンなんて見たことがないでしょう。仲間たちが頭上を飛び交う飛行機の群れを一掃してくれるまで、僕は出て行かないんです。

サリンジャーの第四師団第十二歩兵連隊は、一九四四年十一月六日にヒュルトゲンの森に入った。「おそろしく不気味で、中世の森のよう」なその場所は、「密集する高い木々、急な坂、道なき道といった自然の障壁」だけでなく、もちろん「地雷原や有刺鉄線や仕掛け爆弾が敵の手によって何週間も前から配置されていた」。悪天候と寒さによってアメリカ軍は困難を強いられた。塹壕足炎と低体温症による連隊の犠牲者は、爆撃での犠牲者と同じくらい多かった。ヒュルトゲンの森は多くのアメリカ兵が倒れていたことから「肉処理工場」と呼ばれ、自主撤退するための自傷行為と脱走が相次いだ。統率のとれない若い補充兵が続々とやって来てはあっけなく死んでいった。最終的に「第四師団は戦闘と非戦闘合わせて推定五千二百六十名にものぼる犠牲者を出した」。

父の横に立っていたときのことを覚えてる。そのとき私は七歳くらいだったわ。永遠に思えるほどのあいだ、彼は地元の大工の青年たちの力強い背中をぼんやり眺めていた。家を増築してるところだったのよ。彼らはTシャツを脱いでいて、筋肉が夏の太陽のもとでギラギラ光ってた。しばらくして、父はようやく我に返って私に話しかけた。でもそれは誰に向けるでもなく声に出しただけだったのかもしれない。「こういう大きくて逞《たくま》しい青年たちは」――彼は首を振った――「いつも前線にいて、いつも最初に殺されるんだ、波のように次から次へと」。手のひらを外に向け、アーチ状の波を押し出すような手ぶりをして見せながら、そう言ったの。

マーガレット・サリンジャー

ヒュルトゲンの森での戦いの最中の十二月十六日、ヒトラーが「最後の賭け」に出て、アルデンヌ地方で攻勢をしかけた。そこは、ヒュルトゲンの森で打撃を受けた第四師団の一部が骨を休めて戦車を修理している場所であり、後ほどドイツ軍攻撃の前線となるべき場所だった。そこを管轄していたのは、サリンジャーの第十二歩兵連隊だった。

まったくの油断の中、暗く霧がかかった朝方、地雷除けの畜牛を先頭に、ドイツ軍の歩兵隊が、次いで戦車が侵攻してきた。この奇襲に、アメリカ軍は立ち止まって耐えるか、逃げ出すかしかなかった。ドイツ兵たちは第十二歩兵連隊のなかを四キロの深さまで侵入して、アメリカの各部隊を孤立させ、戦線に突出部《バルジ》をつくった。後にこの戦いは「バルジの戦い」と呼ばれるようになる。

この時、アルデンヌ地方は零度以下の史上最低気温を記録していた。三十分おきにトラックを走らせ、武器に放尿しなければ使い物にならなくなる極寒の中、百万人以上の兵士が参加し、何千人という市民が巻き込まれた。エド・カニンガム軍曹はバルジの戦いを「おそらくこの戦争の最も恐ろしく、最も想像を絶した経験」と回想している。その記憶は、母親が編んで戦地へ毎週送ってくる靴下を履き替えながら寒さに耐え、命をつないだサリンジャーにも深く刻みつけられている。一九六〇年、戦友ポール・フィッツジェラルドへの手紙にはこうある。「何週間か前のテレビでバルジの戦いの映画をやっていたんだ。雪や道路や標識を見て、どれだけあらゆることを思い出したことか。」

年が明けてからの連合軍の反撃によってドイツ軍は敗れ、ヨーロッパ戦線も再び動き出した。暖かくなって雪が溶けると、アルデンヌには「冬の戦いで倒れたあと、凍って奇妙な形になってい」るドイツ軍、アメリカ軍双方の死体、畜牛や馬の死骸、破壊された車両、瓦礫が現れた。近くで戦闘が生じた家屋の部屋の隅には、冬中動きの取れなかった人間の排泄物が堆積していた。

サリンジャーの第十二歩兵連隊は、この地の防御で殊勲部隊章を授与されている。先生は戦いごとの大型本をいくつも持ってきて、第二次大戦のヨーロッパ作戦についての私たちの知識を補強した。それで私は今も、アメリカ軍部隊記号を何の苦もなく読み取ることができる。

しかし、私の記憶に今もしっかり残って引き出しを開けるとすべり出してくるのは、バルジの戦いにおいて、ドイツコマンド部隊が連合軍になりすまして戦線後方まで浸透して混乱を引き起こそうとしたグライフ作戦のことである。ビリンク曹長、シュミット兵長、ペルナス伍長のグループは、合い言葉を答えられずに正体を露呈して捕らえられたが、アイゼンハワーを拉致するための作戦だという虚偽の証言をし、アメリカ軍を疑心暗鬼に陥れた。味方から向けられる疑惑を晴らすためには合い言葉では足りず、アメリカ兵たちは異国の地の検問で、自分が生粋のアメリカ人であることを証明する羽目になった。ブラッドレー中将は回顧録の中で、イリノイ州の首都、アメリカンフットボールのスクリメージ・ラインにおけるガードの位置、ベティ・グレイブルの現在の結婚相手の三つを身元証明のために答えさせられたと述べている。三名は銃殺刑となった。私は、杭に結びつけられたメガネのビリンク曹長と長身のペルナス伍長の写真や、銃殺隊員のほとんどが緊張で青白い顔をしていた中に一人だけ、時々唾まで吐きながらのべつまくなし悪態をついていた隊員がいたとかいうことをよく覚えている。

ともあれ、他の学生たちも、戦争の端的なすさまじさとある種の感傷に、知らず知らず夢中になっていたはずである。特に間村季那の授業態度は私を喜ばせた。本をめくる所作の美しいことと言ったらなく、先生が思い出したように再度言及したページへ、三回仕掛けのからくり箱を開けるように手際よく戻るのだった。

この週二回の楽しみは私をまともに大学へ通わせた。これをことさら喜んだのは母親で、その様子を聞かせることを条件に、使えそうな資料は片っ端から買い与えてやるという有様であった。私が間村季那の美貌とすばらしい授業態度をぺらぺら調子よく語って聞かせると、大学の人間について娘が話すことにウブな母親はますます惜しみなく与え、私の元には授業で使った大型本やアントニー・ビーヴァーの本が続々と届いた。私とて母親が、死んでいない者の代わりを——故人の領域と権威を侵さぬ範囲で――務めようとしているのに気づかないほどのぼんくらでもないが、それは言わない約束だったろう。

一方、当の叔母が残した書庫にはサリンジャーが揃っていた。滅多に出入りがないそこの空気を乱さぬよう、私は一冊ずつ持ち出して読んでいった。痺れるほど醜悪な卒業という言葉とともにしばらく離れていたこの作家の小説は、この期に及ぶと、私に多くの驚きと歓びと因縁をもたらすのだった。

因縁については一言申し上げておきたい。過去を振り返る時、自分のことを『あの少女』と呼ぶことになる。ため息混じりのそんな言葉は、私の年齢だけが叔母に近づいていくほどに成長して行く手をさえぎり、私はそれを乗り越えるためにわざわざ中編小説を一本立てかけねばならないほどだった。ところがほんの二週間前、その言葉もまたサリンジャーに起源を持つことを私は知る羽目になった。彼は、自分の伝記本の出版差し止めを求めた裁判で昔の手紙について質問され、「その若い青年」という三人称を使い、誰に手紙を書いたか、何を伝えたかったかを説明したというのだ。自分で書き上げたハシゴを外される経験はなかなか辛いものではあるけれど、一度それに足をかけて景色が変わるのを見た者は、足を洗えないというのが私の持論だ。だからこうしてまた材料を拾い集め、新たなハシゴづくりを始めたというわけである。ヨーロッパでの戦いが連合国側の勝利で終わる頃、自身もユダヤ人の血を引いているサリンジャーは、強制収容所カウフェリングⅣにおいて、何の予備知識もなくホロコーストに直面する。彼は生涯それについて書くことはなく、娘のマーガレットと、恋人だったジーン・ミラーにわずかながら語っただけだった。「どれだけ長く生きても、あの燃える人肉のにおいが鼻から完全に消えることはないだろう。」と。ニューヨーク州立大学教授エバーハート・アルセンの語りから、そのおおよそを推察しよう。

カウフェリングⅣは、その地域の他の収容所から病気の収容者を集めた支所だった。クランケンラーガー（病人の収容所）と呼ばれていたが、実際には絶滅収容所だった。病気の収容者たちが辿る道は、ただ単に病気で死ぬか飢えで死ぬかだけだったからだ。アメリカ軍がその地域を占領する前の日、ＳＳ［ナチス親衛隊］の守衛は約三千人の収容者を鉄道の有蓋車《ゆうがい》で立ち退かせ、病気がひどかったり、弱っていて輸送ができない者は全員殺した。九十二人の収容者を撃ち、殴り、切り殺した。そして八十六人の収容者を生きたまま木造の収容兵舎に閉じこめて火をつけた。アメリカ軍が到着したとき、ＳＳの守衛は一人残らずいなくなっており、生き残った一握りの収容者がいるだけだった。彼らはＳＳの目をくぐり抜け、なんとか殺戮を免れていたのだ。立ち去る前にＳＳが殺した三百六十人の収容者に加えて、兵士たちは病気や栄養失調で死んだ四千五百人の死体が入れられた大きな墓を二つ見つけた。

ＳＳは、サリンジャーが遭遇したカウフェリンクⅣから収容者を立ち退かせていたが、鉄道に向かって誘導されているときに多くの収容者が脱走を試みて、機関銃で惨殺された。死体のなかには銃弾の衝撃で文字通り半分に切断されているものもあった。ＳＳは斧《おの》による虐殺もした。米兵たちは死体の横に血まみれの斧を発見した。

サリンジャーと運転手が車で収容所に向かっていると――防諜部隊の将校であったサリンジャーは、ほかの兵士には乗ることのできない車の使用が認められていた――鉄道の停車場から収容所までの道に百近い死体が横たわっているのを見た。それから収容所のなかに入って、今度は縮んだ焼死体の山を見た。サリンジャーと運転手は収容所の奥に進み、ひどいにおいの発生源を見つけた。そこには三つの兵舎があった。半地下式の大きな犬小屋としか言いようのない建物だった。ナチスはそこに病人たちを閉じ込めて火をつけていたのだ。サリンジャーと運転手は残骸のなかに今も火がくすぶる焼死体を見た。

サリンジャーは、ウィット・バーネットに「最後の三、四週間の出来事はとても言い表せない」と伝えている。マーガレットによれば、その頃の彼の筆跡は、「ほとんど判別できないものになっていった」という。一九四五年七月、サリンジャーはニュルンベルクで自ら入院し、戦闘ストレス反応、戦闘疲労の治療を受けた。

その後、サリンジャーは母国に帰って作家活動を続け、『キャッチャー・イン・ザ・ライ』は良くも悪くも大評判となった。しかし、その毀誉褒貶によってニューヨークでの暮らしは耐え難いものとなる。サリンジャーは自著と自分自身にまつわる喧噪から逃れようと、ニューハンプシャー州のコーニッシュに家を建てて移り住んだ。以後、小説の執筆、近隣住民との触れ合い、信頼していた学生の裏切り、結婚と離婚、何人かの若い女性とのロマンスと破局、老いてからの再度の結婚、そして本人からすれば数え切れない色々があったろう。その数十年、滅多に人前には出ず、信頼する人間はほとんどいなかったとされている。

もちろんそれは定かではない。しかし、あの戦いをともに乗り越えた戦友には、ほとんど例外的に、生涯変わらぬ友情と親愛の念が保たれたということだけは間違いがない。サリンジャーが戦友ポール・フィッツジェラルドに送る手紙の宛名は一九七九年になっても「老退役軍人へ」と書かれていた。またその前年、既に隠遁者の地位を確立していた五十九歳のサリンジャーは、大戦時からの友人であるジョン・L・キーナンの晩餐会に自ら出向き、ノルマンディーでの思い出話を語ってもいる。『サリンジャー』の著者の一人、デイヴィッド・シールズはこう分析する。

キーナンの晩餐会で興味深いのは、共に従軍し死を免れた兵士たちだけに注がれるサリンジャーの愛情だ。彼は家族も、妻も、娘も、子供のころの友人たちも、文学上の友人たちも、編集者たちも、街の住人たちも、とうの昔に捨て去っていた。しかし、三十四年が経っても、彼は自ら他人の前に、ジャーナリストたちもいるなか姿を現し、ノルマンディーの記憶を慰め分かち合うために、かつての——そして永遠の——仲間に会いに来た。それは、彼にとっていかに戦争の影響が大きかったかを伝える、明確な意思表示なのだ。

退役軍人たちは、サリンジャーにとって、現存する唯一の同感者だった。忌まわしい体験について、悲しいかな「あれはさうですね」だけで通じ合え、それについては互いに疑うべくもない「完全な同感者」である。

我々は違う。君たちはサリンジャーの体験してきたことを読んで多少のショックを受けたかもしれないが、それが長年にわたって君たちを苦しめることも、君たちの友情の結び目になることもないだろう。

従軍記者として第二次大戦に同行し、沖縄で日本兵に狙撃されて戦死したアーニー・パイルは戦争の体験についてこう語っている。

世界中の丘一面、そして生け垣沿いの溝に、冷たくなった死者たちが散らばっている。多くの生き残った者たちの脳裏に、そういう異様な光景が永久に焼き付けられてしまった。どの国へ行っても、一月また一月、一年また一年と、大量生産されていく死者たち。冬の死者たちと夏の死者たち。

もはや単調に単調に感じられるほどの決まりきった乱雑さに埋もれた死者たち。

もはや憎しみを感じてしまうほどの恐るべき際限のなさに埋もれた死者たち。家にいたならば、知ろうとする必要すらないことだ。家にいる者たちにとって、それは数字の羅列でしかない。あるいは、出かけたまま帰ってこなくなってしまっただけの人間と変わらない。フランスの道路のわきで、青白くなってグロテスクに横たわる人を見たりすることはなかったのだから。

我々はその人を見た。何千回も、くり返しくり返し見てきた。それが違いだ。

書かれた内容だけを読むのなら、読むという行為は、基本的にその程度のことだとも言える。書かれたことから何かを想像するということは、読み手がいくら感覚を催そうとも、現実から目を背けた時にまぶたの裏だけで起こる、持続力を欠いた想像力の営みに過ぎないのだ。それは書き手にとっても変わらない。特に懐疑派を自任する書き手は、その欺瞞に目をつぶることができない。

二葉亭四迷は「私は懐疑派だ」でこんなことを書いている。

例えば此間盗賊に白刃《はくじん》を持て追掛けられて怖かったと云う時にゃ、其人は真実《ほんと》に怖くはないのだ。怖いのは真実《ほんと》に追掛けられている最中なので、追想して話す時にゃ既に怖さは余程失せている。こりゃ誰でもそうなきゃならんように思う。私も同じ事で、直接の実感でなけりゃ真剣になるわけには行かん。ところが小説を書いたり何かする時にゃ、この直接の実感という奴が起って来ない。人生に対するのが盗賊に追われた時の心持になって了う。議論から考えて見ると、人生というものが何も具体的にそこに転がっている訳じゃない。斯うやって御互に坐っているのも亦人生に漬かっているのだから、人生に対する感を持たれぬという筈もない。だから追想とか空想とかで作の出来る人ならば兎も角、私にゃどうしても書きながら実感が起らぬから真剣になれない。古い説かも知らんが私の知ってる限りじゃ、今迄の美学者も実感を芸術の真髄とはせず、空想が即ち本態であるとしている。この空想とは、例の賊に追われたことを後から追懐する奴なんだ。そうすると小説は第二義のもので、第一義のものじゃなくなって来る。否《いや》、小説ばかりじゃない、一体の人生観という奴が私にゃ然う思えるんだよ……思えると云うと語弊があるが、那様《そんな》気がするのだ。どうも莫迦々々《ばかばか》しくてね。

サリンジャーの過酷な戦争体験を読む時、描かれた戦争が私たちの体験の一つに数えられることはない。もちろん、読むことで自分の体験を思い出すこともあるが、その体験すら過去、つまり文章の外にある。

では、文章を読んでいる時、実際に今ここで体験可能なものはなんであろうか？それは、目下にある文字の並びしかありえないのだ。そして、それだけで十分なのだ。建築物に誰かが打ち込んだ釘を見るように、絵画に誰かがそれを描いた筆の運びがあるように、そこに残された人間の行動の痕跡として捉えられた文章だけが、読者の体験しうる現象であるという、至極当たり前の事実まで立ち返って考えたらどうだろうか。

文章を読むことでそれが確かに誰かによって書かれたということをわかる。それは、書かれた文字から空想を経て浮かび上がる物語や印象や感想とは異なるがゆえに、追体験――二葉亭がいう「第二義のもの」――ではないのだ。誰かがその文章をそのように書いた。本を読む時に体験できるものはそれしかない。しかし、それ自体はそこに存在しない。カントが『我々は現象界に属しながら英知界に棲む』という、その格好の例が文章なのだ。文章の中に書くという行為を見出し、その文章を現象界から英知界に逃がそうとする営みを、文学と呼ぶのである。

こんな話を継続してするわけにはいかなかったが、ゼミ生同士の親睦を深めるために飲み会が開かれたのはこのあたりの講義後だったはずだ。結局、先生を含めた会が行われることはなかった。

企画したのは道中あかりと野津田慎吾で、場所は駅から少し離れた雑居ビルの三階の居酒屋。狭い商店街の道を歩く間村季那はなんだか上機嫌で、長い手足を振って、それが電柱のざらついた表面を掠めたりするのを私ははらはらしながら見ていた。

「そういえば」座敷席へ上がるために足だけでスニーカーを脱ぎながら、間村季那は言った。抜かれた裸足が私を驚かせた。「野津田くんのこと、好きじゃないよね？」

「うん」と素直に答えてから、もう先に座ろうとしてだいぶ遠くにいる二人を見た。

「なんで？」

「恋する女、苦手でしょ?」そう言う間に長い足をフラミンゴのように内側に曲げてつっかけたスニーカーを逆の手で取るのを二度くり返し、間村季那は簀の子の上に立った。「大賛成」と言いながら、右手の二本指にスニーカーがまとめてぶら下げられた。

靴を脱いでいるところだった私はちょっと気圧されてバランスを崩した。かかとの隙間に突っ込んでいた指が強く圧迫されて痛んだが、ひるんでいるのも情けない。

「道中さんって、そうなの?」と言って、私は顔を上げた。

間村季那は下駄箱の一つを開けて待っていた。「靴、一緒に入れよう」

「ありがと」と私はすぐに言った。

無駄な台詞を嫌う人間との会話は難しいものだが、私はそれに慣れていた。この類の緊張は、亡くなった叔母に何度となく突きつけられてきたのだから。

ところで、閉められた扉のニス塗りの艶の下には「松直棘曲」の字が書かれていた。店主のご大層な趣味のおかげで、何十個もある下駄箱の一つ一つに異なる禅語が書いてあるのだった。私は間村季那がわざわざこの語を選んだのか、単なる偶然なのか決めかねて黙っていた。

札鍵を抜いて軽い足取りで座敷に上がった間村季那を、そこにいる顔という顔が迎えるのが、後ろにいる私には良くわかった。長年の経験からこうした眼差しを手なずけているかのような間村季那が備えている一点の曇りもない素足なら、飲食店の座敷をちょっと冷たそうに跳ね回ったって後ろ指をさされることはないのだった。

私は間村季那の隣を選んで座った（もとより、そこしか空いていなかった）。壁に背を向けた私たちの向かいには、メニューを持った男に肩を寄せてあれこれ言っている女という光景があった。丁寧にラミネートされた三枚綴りのメニューの裏側を眺めていた間村季那は、二人にばれないようウーロンハイを指さすと、すかさず手を引っ込めて私に笑いかけた。

私もコーラを指さして、笑いかけるところまで同じようにした。間村季那はにんまり笑って何度もうなずいた。

三人とも下戸の者に無理強いするようなタイプでもなかったから、私たちの飲み会は和やかに進行した。私がコーラをすすって唇をしめらせながら何度も確認できたのは、間村季那――と稀に私――に向けられる視線であった。それは別のテーブルからであれば、例えばある男が目を逸らした後に耳打ちされた隣の男がこちらを見るといったような、より露骨な形で送られてきた。しかし、同じテーブルで対面していると なれば、多少の配慮はあろうというもので、野津田慎吾は間村季那を見ないようにし ていた。

「からあげ、レモンかけていい？」というような相談はまず私に向けられた。彼はそ の後、間村季那に目の飛沫をひっかけるようにちょっと首を振るのだ。

返答に困った私たちが顔を見合わせていると、道中あかりが、からあげの前に手刀 を差して制した。

「ちがうでしょ」と彼女は厳めしそうに首を振った。「もしかして『カルテット』見 てなかった人？」

野津田慎吾は「ああ！」と嬉しそうな声を上げた。そして十二分にかしこまりなが ら、テーブル脇の小皿を取り分けると、一拍置いて道中あかりに目配せし、私たちに 向かってレモンを示した。

「レモン、ありますよ」二人は見事にハモって笑い合った。

『カルテット』は私が叔母と一緒に毎週見た最後のテレビドラマだった。火曜十時の 十分前、祖父の家を兼ねた眼科病院にいそいそ出向き、暗い待合室で私たちのためだけに暖房と32型の壁掛けテレビをつけて、首を痛めながら二人並んで見たものだ。このお楽しみには、もう寝入っている祖父を起こしてはいけないのだからという建前があった。音は信じられないくらいに反響した。冬昼間の軽井沢、その眩しい雪景色を映したシーンに白く照らされた叔母の痩せた横顔を、私ははっきり覚えている。それを見た私が人間ドックを勧めたことで、彼女の癌はその末期に発見されたのだから。

ドラマの主要な登場人物は、音楽で食っていくことを夢見ている、様々な過去を抱えた四人。結末だけ言うなら、彼らは一流になれないと知りながら、それでも誰かに届けばと思い、それを信じ、趣味の音楽を続けることになる。最終話、暗喩のちりばめられた食卓で、彼らは唐揚げに添えられたパセリに感謝するよう話し合う。誰が手をつけなくても、唐揚げを引き立たせるパセリがそこにあることに感謝しよう。彼らは「サンキュー、パセリ」という台詞を噛みしめるようにふざけ合う。見ながら叔母は、厭味も気取らせないしみじみとした口調で言ったものだ。

「三流だから、自分を何かに喩えちゃうのね」

涙が溢れた。頬をすべることすらなく、からあげの失せた黒い小皿にぼろぼろ滴って、どこか底の広い高い響きが続けざまに鳴った。

「あの人たち」とつけ加えた間村季那がいち早く私を見た。「阿佐美ちゃん？」

私の苗字を名前のようにそう呼ぶのである。

「うん」寝言のようにうなずいた私は、自分の皿の中で揺れてにじんだパセリを見た。

「どうしたの？」道中あかりは目を見開いて膝立ちになっている。

ろくに化粧もしていない私は下を向き、おしぼりで目元を強くぬぐいながら、この不覚を挽回する手立てをちょっと探しかけてすぐに諦めた。一向に涙が止まらなかったからである。

私は、叔母にまつわる本当に最低限を三人に話した。間村季那の台詞と声が、あまりにも叔母に似ていたことをうっかり話してしまわぬよう、注意を払いつつ。何にも言わない間村季那の眼差しを、私は見ることができなかった。

湿っぽい話も引いて、楽しい会は三時間ほどでお開きとなった。

帰りの下駄箱を間村季那が開けてくれたところで、ツーブロックの凝った髪型でさっぱりした目鼻立ちの、背の高い学生らしきが私たちの元に寄ってきた。少し遠くの卓にいて、何度か私と目が合った男だった。

「泣いてたね」と彼は言った。からかいなのか慰めなのか、その意図をこちらに選ばせるような半端な声だった。念入りに整えられた眉は最善の角度に固定されていた。

「大したことないから、平気」こうした場での社交と虚勢を一人前にこなすようになったのだと考えながら、私は靴を引き出した。

それを床に置く動作を追いかけるようにかがんだ男の顔が私の頰に寄る。熱のない息は清涼タブレットと酒の混じったにおいがした。

「何かあったの？　オレ、こういうのめっちゃ気になるんだよね」

私は必要もないのに靴紐をほどいて、そこにしゃがんだままでいた。

「女の子が泣いてたら絶対声かけるってルールがあんの。小学校の時からずっと」

「お兄さん、お兄さん」と間村季那の声が降ってきた。下駄箱の扉をその声に合わせて開け閉めさせているらしい高い音と一緒に。

男は腰を上げ、間村季那の顔をじっと見てからにこやかに言った。「君たち、ヤバいよね。なんかやってるでしょ？　少なくとも読者モデルとか」

「どうでしょう」と間村季那は含みを持たせるように首を傾げた。「そちらは？」

「オレもちょっとは」本当のことなのだろう、顔と口調はさらに自信に満ちたものに変わった。「お仲間だよ」

「だったら、これ読める？」と間村季那は下駄箱の扉をゆっくり閉めて訊いた。

松直棘曲。

男は一瞬だけ顔をくもらせたが、それなりに場数を踏んでいるらしく、即座に意気消沈ということはなかった。それでも、難しい顔で軽く首をかしげるといった取り繕い方が最善とは思えなかった。

「阿佐美ちゃんは？」と間村季那は私に言った。

「まつはなおく、おどろはまがれり」

その時、夜が更けてきて大人しくなっていた座敷の方でも何かあったのか、小さな盛り上がりの声が響いた。相手はとがらせつつあった唇を今度は内に巻き込んで濡らすと、そっちを気にする風な素振りを見せた。それから「その言葉、どういう意味？」といかにも率直な疑問をぶつけるように言った。

返答なしの間村季那はスニーカーを携えて、私の隣に勢いよく腰を落としてきた。

「ねえって」

私たちは互いにとがった肘を交わらせて靴紐を結んだ。そのおしまいに付されたさり気なくも鮮やかな間村季那の行為によって、立ち上がった時の私たちは、指を絡めて手を繋いでいた。間村季那のさらさらした手は官能的に温かかった。それが相手への親切な引導だと気づくには、私の胸が高鳴りすぎていたぐらいである。

「ああ」覿面《てきめん》に余裕を取り戻した男は何度も小さくうなずいた。「そういうことね、ごめんごめん」と笑い、分別のある男が颯爽と身を引いたのだと言わんばかりに、振り向きもせず座敷の方に戻って行った。

「ありがとう」

そうまで言って、もはや私の方でも全てを了解していたというのに、とっくに会計を終えてエレベーターの前で待っていた二人の元に着く寸前まで、私たちは手をほどかなかった。空のビール樽が無造作に積み上がった店内の廊下は、暗く狭く短かった。

「もし、あいつが読めてたらさ」と間村季那は言った。「応援した方がよかった？」

「かもね」と言って私は笑った。「じゃあさ」

私が考えていた質問は二つあった。一つは、禅語の読みを私に問うたのはなぜかということ。しかし、この時かなり冷静さを失っていたとはいえ、禅問答に出てくる名

もなき僧になるのは気が引けた。間村季那が彼を試したように、私が試されたという
ことぐらい、わからないものではないのだ。この逡巡に時間を取られ、もう一つの質
問が、赤を入れる間もなく不用意に放り出された。
「私が読めなくても、手を繋いでくれた？」
何を訊いているのだろう？　そんな自問自答より早く、この台詞を吐いたのが人生
ではっきり二度目だという雷が脳みそを走った。
一度目は小学五年生の夏休みだった。
早熟が是とされるのは、子供の過剰な分別が才能と誤解される場合である。結果的
に分別があるように見える少女がそこにいたとして、彼女はあらゆる点でやりすぎて
いるのだ。しかし例えば、学校で百問もある漢字テストがあって、適度な場所に空欄
を二つ設けたり「捨」と「拾」をわざわざ置き換えてみたりする時、彼女なりにのっ
ぴきならない事情があるのも事実だろう。漢字博士と呼ばれるわけにはいかないとか
なんとか。
だから、そんな心配がない場所で少女は果敢である。叔母との遊びは多岐にわたっ
たが、そこかしこに置いてあった本を気紛れに開いて音読を試みるというのは良くあ

る暇つぶしだった。間違いなく読めれば百円を握らせてもらえたりささやかな願い事が叶ったりするのだが、その日の私は手をつないで通りを歩きたかったらしい。そんな小細工をしなくても、叔母がそれを拒むことはないというのに。確か岩波文庫だったと思うが、古語混じりの文章を通りの悪い声で見事に読み上げて私は無事に約束を取り付けた。

その数日後、駅から家に向かうひどい炎天下を、叔母と私は歩いていた。公募で参加した三泊四日のキャンプ地から腸管出血性大腸菌感染症で病院に担ぎ込まれた弟の見舞いの帰りだった。液体の出し入れで文字通り死にそうに忙しかった弟に会うことはできず、代わりに長く話せたのは片目が二重の保健所職員だった。彼がくれた人数分の検便キットと財布だけが入ったトートバッグを、叔母は私の反対側の肩に提げていた。弟が死んでしまうかもしれない。私は押し黙って歩いていたが、通りがかった小さな公園の蟬時雨が耳に迫った時、たまらなくなって叔母の手を取った。つなぎ返された手は乾ききっていた。私の不安は解消されないどころか、別の心配をひねり出した。しばらく歩いて自宅マンションのエントランスまで来た時、私は訊いた。

「私が読めなくても、手を繫いでくれた？」

渦巻く分別に言葉を強いられる小学五年生を我ながら気の毒に思うが、居酒屋の廊下で十年の月日をまたいで全く同じ発言をした私は、十年前と全く同じことをされたのだった。つまり、沈黙の中、誰の力かわからぬ限りで、つないだ腕の動きが軽くなった。まるでそれだけは確かであるとでも言うように。今度は涙もなかった。私は幸福に身を任せてゆっくり歩いた。

「あたし、茶道やってたんだ」と間村季那は言った。

中学時代に華道部を三年間といったような甘っちょろいものであるはずがなかった。いかにも不躾ぶった彼女の振舞いの全てが、その佇まいを侵さぬことに合点がいきつつ、そんな理屈っぽいことをうっかり考えたせいで、私はまたしても外に出すべき言葉を用意できず、「そっか」と言って黙ることになった。

「阿佐美ちゃんは、なんであんな言葉知ってたの」

私の脳裏に浮かんだ叔母の、長年変わらぬ趣味は禅であった。私はこの時、遺灰じみた後塵を嗅ぎ回っている時期にあったが、その言葉を知っていたのはたまたまである。

「本で読んだの」

「そっか」同じく深読みしたことを示すように、間村季那もそう言った。

ドイツ語圏のスイスにヴァルザーという作家がいた。『タンナー兄弟姉妹』や『助手』などの長編小説を発表した後は、長いものを完成させることができなくなり、三十五年間に千数百編という散文小品をあらゆる紙の余白に極小文字で書き、雑誌に売り込みながらなんとか載せてもらっていたが、徐々に精神を病んで幻聴を聞くようになり、心臓発作で死ぬまでの約二十年は療養所で書くこともなく暮らした作家だ。

彼は、体験についてこう書いている。

現実に『助手』であったとき、わたしは、この一片の体験から一冊の「現実小説」が、つまりは、現実における活動から作家としての活動が生じると予感していたでしょうか？　いや、まったくそんなことはありませんでした！

ヴァルザーは当時もすでに生きていて、すでに眠りこんでもいて、またすでにごくわずかしか書いていませんでした。けれども、特定の関心を寄せることなくひたすら体験に打ち込んだゆえに、というのは、創作することに関心を寄せなかったがゆえに、ということはつまりいまだ書かなかったがゆえに、彼は何年もたってから、すなわち後になってから『助手』を書いたのです。それゆえ彼は、満たされることとなき書物出版欲で死んでしまうようなこともなかったのです。作家ヴァルザーによって「後になって」書かれたものはすべからく、まずは「その前に」ともかくも体験されなければならなかったのです。

（『ローベルト・ヴァルザー作品集4』「ヴァルザーについてのヴァルザー」）

ヴァルザーは、作家としての体験ではなく、人間としての体験が書かれたものになると主張する。サリンジャーは作家としての体験を戦場でも手放さなかったが、それが人間としての体験とは別の体験でなければ、たこつぼでタイプライターを打つ意味はなかっただろう。サリンジャーは書くことによって、悲惨な現象界の避難場所であるたこつぼに潜んでいられたのだった。しかし、だからこそサリンジャーは後年、ヴァルザーと同じように、それについて書くことができなかったとも言えはしないだろうか。

作家の自覚を持ってしまった人間には、純粋な体験をすることができないとヴァルザーは考えた。何かあればすぐに英知界に持ち去ってやろうと目論む彼らにとって、現象界での体験とは、書くこと以外に残っていない。

人間としての体験がものを書くことにおいてどんな影響をもたらすか？　人間を色めき立たせるような、どん底にたたき落とすような、告白し難い恥ずべき体験が、その体験からなるべく離れないように気をつけて、またその再現が上手くいっているという自信に満ちて書かれた本を、私たちはいくらでも見つけることができる。

特にこの国では、そうした考えが自然主義と結びついて私小説と呼ばれて一ジャンルをなしたと巷で言われる。確かに、その多くは「体験に打ち込んだ」態度で書いたものだったかもしれない。

その文体的な礎を築いた二葉亭四迷は、ヴァルザーと同じように、二つの体験が両立しないものだという予感に囚われていた。『平凡』にこう書いている。

つくづく考えて見ると、夢のような一生だった。私は元来実感の人で、始終実感で心を苛《いじ》めていないと空疎になる男だ。実感で試験をせんと自分の性質すら能《よ》く分らぬ男だ。それだのに早くから文学に陥《はま》って始終空想の中に潰《つか》っていたから、人間がふやけて、秩序《だらし》がなくなって、真面目になれなかったのだ。今稍《やや》真面目になれ得たと思うのは、全く父の死んだ時に経験した痛切な実感のお庇《かげ》で、即ち亡父の賜《たまもの》だと思う。彼《あの》実感を経験しなかったら、私は何処迄だらけて行ったか、分らない。

文学は一体如何《どう》いう物だか、私には分らない。人の噂で聞くと、どうやら空想を性命とするもののように思われる。文学上の作品に現われる自然や人生は、仮令《たと》えば作家が直接に人生に触れ自然に触れて実感し得た所にもせよ、空想で之を再現させるからは、本物でない。写し得て真に逼《せま》っても、本物でない。本物の影で、空想の分子を含む。之に接して得《う》る所の感じには何処にか遊びがある、即ち文学上の作品にはどうしても遊戯分子《ゆうげぶんし》を含む。現実の人生や自然に接したような切実な感じの得られんのは当然《あたりまえ》だ。私が始終斯ういう感じにばかり漬《つか》っていて、実感で心を引締めなかったから、人間がだらけて、ふやけて、やくざが愈《いと》やくざになったのは、或は必然の結果ではなかったか？ 然らば高尚な純正な文学でも、こればかりに溺れては人の子も戕《そこな》われる。

二葉亭は「実感」できる体験を重視していたので、文学上の作品に再現された体験を肯定することができなかった。『平凡』の全編で言及されるのは、体験を文章に再現することの不可能性である。文学に対する懐疑である。そこで唯一確かなものは、今、自分が書いているということしかありえない。

週に二回、間村季那と話せる時間があった。英語と第二外国語の授業が隣の教室で終わるのをいいことに、私たちはなんとなく待ち合わせて話すようになった。しかし、あの夜の打ち解けた気持ちは、陽光が飛び交っている時間には伏せってしまうらしく、こう話すのが習慣になるまでの私たちは、互いの英語を担当する女講師の文句や昼食など、当たり障りのない会話に終始した。それでも社交の何たるかを心得た間村季那は、その埋め合わせといった具合に、このまま何もなければ帰ってなんとなく後悔してしまいそうな時は必ず、素晴らしい話を聞かせてくれるのだった。

「あたしが一年の時から家庭教師で見てる双子の女の子がいるんだけど、その子たちが今度、岩手に引っ越しちゃうの。転勤の都合で、最初から二年間だけってわかってたんだけどね。それで、一昨日が最後の授業だったのよ。もう荷造りもほとんど終わってて、棚もみんな一つの部屋に押し込められちゃって、今まで見えなかった壁も見えてた。二人の子供部屋には二つ並んだ空っぽの机と、それぞれの段ボールが五箱ずつだけ。あたし、机の間に座って、そこで最後の授業したの」

「何を教えてたの？」

「国語と算数。でも、始めようと思ったら、三分早く生まれたお姉ちゃんの方が、机にのりだして、あたしごしに妹に声かけるの。ひかり、鉛筆貸してって。妹の方も素直に筆箱から出してあげてさ。お姉ちゃんの方だけないのね。どうしたのって訊いたら、下向いて漢字の直しして答えないの。そしたら妹が、ひまりはもう段ボールに入れちゃった、だって」

なんか泣きそうになっちゃったという間村季那のその感じを私も大いに味わった。

しかし、つまるところ、最も厄介な問題は、このような確かに素晴らしく美しいと言ってもよい間村季那の体験や、それを聴いた私の体験が書き出される時のとりとめなさと、そのせいで揺らぎやむことない精神なのだ。それはかなりしばしば、またしても上手くやれなかったという申し訳なさそのものなのである。まして、私は現実には一度あっただけのこの話に何度も手を加え、あろうことか、そのたびに正しく書いたつもりでいたはずなのだから、にわかには信じ難いことである。そしてまた信じたくないことに、この失敗の実感だけが、切実なのだ。

この話にはまだ続きがある。

「どうして入れちゃったの？　って聞いたら、何て言ったと思う？」

私は首を振った。間村季那はおそらくそのひまりちゃんを真似て言った。

「さて」

二葉亭は追懐が現実の体験に及ばぬことに苦しんだ。どう気をつけようとも、小説に書かれるのが想像上の体験であるという不安を取り去ることができなかった彼が四十六年の生涯の中で力を注いだのは、ロシア文学の翻訳だった。その変遷を見ると、彼が「実感の人」であったことがわかって興味深い。

二葉亭が翻訳に取り組んでしばらくは、句読点の数や位置まで原文に忠実であろうとする逐語訳を採用した。これについて、その意図を汲んで批評した人間はおらず、「自分で独り角力を取っていた」と「余が翻訳の標準」に書いている。彼が気にしていたことは一つだけ。「文学に対する尊敬の念が強かったので、例えばツルゲーネフが其の作をする時の心持は、非常に神聖なものであるから、これを翻訳するにも同様に神聖でなければならぬ、就ては、一字一句と雖《いえども》、大切にせなければならぬ」ということだった。

二葉亭が翻訳の際に、ツルゲーネフが書く時の心持と同様に神聖でなければならないと意識したということは、読む行為のうちに書く行為を体験しようとしたということに他ならない。読むことで、書かれていることを体験するのではない。読むことで、書くことを体験するのである。その同一性こそが「神聖」なのだ。それは小説を書くよりも、よほど空想の余地がない、切実なものと感じられたはずである。

その後、二葉亭は、作家それぞれが持つ「詩想」もまた忠実に訳されなければと考えた。「これを翻訳するには其の心持を失わないように、常に其の人になって書いて行かぬと、往々にして文調にそぐわなくなる。此の際に在ては、徒らにコンマやピリオド、又は其の他の形にばかり拘泥していてはいけない」としたが、これも成功しなかったと述懐する。

二葉亭はその後で別の翻訳方法についても言及している。それは、ロシアのジュコーフスキーがバイロンを翻訳する際に行った、原詩の形を崩し、そこにない技法や言葉も加えて、「詩想」だけをそのままに新たな詩にするという方法である。二葉亭はこれを、筆力に自信がないからやらなかったと書いているが、それがどうであれ、「実感の人」である二葉亭がその方法を採用できたかどうかは怪しいところだ。

二葉亭は同感者を求めなかったが、その在不在に関係なく文章は残る。自分の翻訳を読んで小説を書いた者たちが、第一義のもの――土台無理な行為である体験の追懐――に執心しているのを横目に、彼は文学からほとんど身を引いた。それらの文章は「実感」を得るべく悩んできた彼にとって、堪えられないものだったろう。

だから、二葉亭が歳月をまたぎ、請われて書いた『平凡』は、文学における唯一の体験である「書くこと」について自己言及する、つまり今まさに書いていることについて書くという小説になるほかなかった。

繰り返せば、文学とは、文章の中に書くという行為を見出し、その文章を現象界から英知界に逃がそうとする営みを呼ぶのである。

この定義が全ての芸術に当てはまるものとすると、巷で言われる「私には芸術がわからない」という言い分は多くの場合で正しくなる。なぜなら、作るという行為についてのいかなる体験も、これは自分の体験ではないとはねつける覚悟をした口からしか、そんな言葉は出ないのだから、やはりその人に芸術はわからないと言ってよい。

一人だけ名前を隠していなかった死刑囚は林眞須美だった、林眞須美の絵はたぶん水彩で月が黄色でまわりは全部夜空としての青、一枚はそういう絵で他も題材は違っても基本的にそういう絵ばかり四点か五点、「描けと言うから描いた。絵以外の何物でもないでしょ。」と、表現というものに対する（または絵でも何でも表現するのは心にとっていいことだという刑務所内での通念に対する）明確な拒否を感じた。おせち料理の絵と林眞須美の絵が私は表現するという行為について対極の心の構えと感じだ。文章には、書き出し―中間部―終わりとある、文章はふつう終わりに結論的なことが置かれ、特に結論ではなくとも終わりにくるものが重要とか力点が置かれていることが多い、だからこの文章の終わりに林眞須美がくると私は林眞須美に力を置いたと捉えられるかもしれないが私の力点は圧倒的におせち料理にあることは内容を読んでもらえればわかるが内容を読むときにすでに文章の構成による判断を下している人は内容を読むよりその判断を優先させる。

あの断固拒否的態度の絵の作者が林眞須美であることは、たとえば家のまわりを取り囲んで何日も動かない取材陣に向かってホースで水をかけた姿などをいまでも忘れていない私にはつじつまが合い過ぎて、わかりやす過ぎて心配になるところもある、結局私は絵を見たのでなく林眞須美を見てきたのではないか？

保坂和志（『試行錯誤に漂う』）

芸術について考える時、保坂和志は頑として創作という体験を見ようとする。しかし、するとやはり、作者――ここでは林眞須美――が前に出てこざるを得ない。何か作品を見るとき、作者は忘れられては思い出される点滅として存在している。その作者が余りにもはっきり見えてくる時には注意が必要である。作品を見て、林眞須美という作者があまりにはっきりと見えすぎる時、それを描く体験は林眞須美のものであり、見ている者の体験ではない。そこに突き当たった時、保坂和志のように「心配」しなければ、その体験は純粋性や平等性を失った追懐となってしまう。我々は、作者を亡き者にしなければ、それを自分の体験にすることはできないのだ。

稀にだが、作者を亡き者にする逆のパターンもあり得る。

間村季那は十歳の頃から高校卒業まで、南坊流の茶道教室に通ったという。この開祖は千利休の高弟である南坊宗啓で、利休の教えを理論化した奥義書である『南方録』を残した。今では広く読まれている『南方録』は、南坊宗啓から百年後の元禄年間に、福岡藩の立花実山という人物が参勤交代の道すがら、書写本を見つけて写したものが元になっている。しかし、後の研究で、これが茶道家であった実山が博多や堺で収集した利休の資料を編纂して創作したものだったらしいということがはっきりしてきた。南坊宗啓についても、他の資料には一切存在が確認されず、架空の人物だというのが定説になっているという。

「あたし、ずっとお稽古してたのに、ついこの間まで知らなかったの。誰も教えてくれないのよ。みんな、実在の人物みたいに話してさ」

間村季那は椅子の上に立てていた膝をようやくしまった。あぐらをかいても、長い足をもてあますことには何ら変わりなかった。

「こっち来てから、お稽古ってしてないの？」と私は訊いた。

「教室があるかわかんないし。そもそも、元々の家元がそんなだから、すっごい曖昧なのよ。あたしが通ってる時も、神戸に南坊流の教室があるっていうのを新聞記事かなんかで初めて知って、みんな喜んでたぐらい。結構好き勝手にやってるのよね。とにかく『南方録』を踏まえてればいいんだから」そう言った時の間村季那は嬉しそうだった。「それが性に合って長く続けちゃった」

「『南方録』って」この続きにあたる、どんな本？　という質問は口に出すのが憚られた。大学に入ってからの私はこの手の話を叔母とさえしなくなっていた。

間村季那は私の目をじっと見た。その長い睫毛に食い殺されるのではないかと思った時、間村季那はしなやかな体をひねって倒し、派手にまくっていた腕を伸ばし、隣の席に置いていたカーキ色のリュックサックへ手を突っ込んだ。そして、そのまったくもって無理な体勢のまま、首をさらにねじって私を見た。

「あたし、十年ぐらい肌身離さず読み続けてるの」と間村季那は答えた。「阿佐美ちゃんにだけ特別、見せてあげるよ」

間村季那の手首の外側に張った小さな骨の上をファスナーのぎざぎざが走り、うねるように波打った。間もなく出土してカバーを外された岩波文庫版の『南方録』を見て、私は十年間も肌身離さず読み続けられた本というものについての認識を改めることになった。つまり、それが今後も過去の十年間と同じように読み続けられようとするのであれば、かなり控えめに言って、今し方あなたが思い浮かべたようなものではありえないのである。何重ものセロハンテープの層に閉じ込められた琥珀の中に、表紙の文字が沈んでいた。

「最初に直したのが小六かな」と間村季那は背表紙をなぞりながら言った。「浅知恵でさ、セロハンテープ貼って補強したんだよ。そしたらその後も、べたべたセロハンテープ貼るしかなくなっちゃって」

「私の家のゴミ箱もそう」思わず言ってしまい慌てて説明を加えた。「私が段ボールで作って、外側に千代紙貼って飾りつけたの。それが剝がれるたびに、また千代紙を貼らなきゃいけないの」

間村季那は大いに笑って、その間にさりげなく『南方録』を渡してくれた。

数百ページの紙の断層は、文字と同じく黒々として、光線の反射を拒否していた。慎重にそれを開き、はっきりとすり減って、持ち主の手のような肌触りにまでなめされたページに指をすべらせるたびに私は、ここに書かれた全てを、間村季那が裏切らないのだという途方もなければあられもない、めくるめく希望のようなものを実感した。真実味のある喩えをするなら、ちょっと立ち上がれそうにないような感動があった。しかも、間村季那は相当な期間、これが偽書であることを知らずに読み続けていたのだ。

突然、間村季那の顔が間近にすっ飛んできた。「最後のとこ、よく見て」

平静を装うのに苦心しながら慎重に開くと、おしまいの二十ページほどが丁寧に切り取られているのがわかった。そこにもセロハンテープで、これも丁寧な繕いが何重にも施してあった。

「その本、お茶の先生にもらったんだけど、註も解説も読めないようにしてあるの」

「偽書だって書いてあるの？」

「多分ね」と間村季那はあどけない笑顔を浮かべた。「古い本だし、疑わしいってことぐらいしか書いてないかも。読んでないからわかんないけど、方便も十年続いたら大したもんだよね」

この日の間村季那の化粧はいつもよりも派手だった。もちろんこの上なく妖艶に仕上がっているのだが、『南方録』を愛読するような人物が鏡をのぞきこんでカーキのアイライナーを引いている光景は想像し難く、その笑顔にもそぐわないような印象を受けた。

私はその後すぐに『南方録』を買い求め、間村季那の友だちに相応しい人間になろうという無謀な努力を始めた。同時に二年後の死因となる肺患の徴候か深夜にひどく咳き込みながら書かれたという『平凡』を読み返し、古今東西のいかなる作品よりもサリンジャーの後期小説に似通っているこの作品のおしまい、わざわざ「(終)」とつけた後に書かれた文章にはこうあったのだった。

「二葉亭が申します。此稿本は夜店を冷かして手に入れたものでござりますが、跡は千切れてござりません。一寸お話中に電話が切れた恰好でござりますが、致方がござりません。」

私は胸をゆっくり、下手くそに引き裂かれるような思いがした。

ロラン・バルトが「作者は死んだ」ということを書いているけれど、作者が死ぬというのは、たとえば「オリジナル」とか「創作」が死ぬということですね。つまり、それは「引用」のコラージュにすぎない。「書く」ということは、何かを書くという他動詞ではなく、自動詞だというわけですね。だから、主体としての作者なんていうのはもう存在しない、という考えになるのです。

柄谷行人(『言葉と悲劇』)

書くことが他動詞であるという認識を棄てなければ、つまり主体としての作者を死なせなければ、その自動詞「書く」の体験は見えてこない。

テクスト論とは、血も涙もないものでも、手抜きの研究者が守備範囲を絞るために用いるものでもないのである。理想を浪漫に和えて言うなら、むしろ血と涙をしぼった書くという体験の中に、作者と読者と作品を三位一体にするものなのだ。その時、他動詞ではなく、自動詞としての「読む」が呼び出される。そして、それは自動詞の「書く」と全く同じものなのである。

サリンジャーは戦後、戦争体験を直接書くことはなかった。ホロコーストの体験に至ってはほとんど口にもしなかった。いかに生々しく戦地の風景が想起されようと、それが読者の体験になりえないことを、たこつぼでタイプライターを打っていたサリンジャーは痛感していたはずだ。

だから、サリンジャーについて知ったからと言って、彼の小説をより良く読めるようにはならない。書いた読んだの関係における「完全な同感者」とは、そこに書くという体験の産物すなわち文字しか存在しない限り、作者のことを忘れて「読む」ことで、自動詞の「書く」を同じ強度で体験する者でしかないのだから。

しかし、それを「理想の読書」としたところで、読者はそれに取り組むうちに、作者のことを考えないではいられなくなる。作品を読み込もうとすればするほど、興味は作者に向いていく。無理もないことだ。

その矛盾を受け容れてそこに読み書きするのか、許すことなく「完全な同感者」の実現への糸口を模索するのか。サリンジャーは後者だった。他人として作者の穿鑿《せんさく》をし、あまつさえ意見するような人間を、自分の読者に数えることを拒否するポーズをとった。「シーモア―序章―」では、苦言を呈する読者を想定した上で「甲高く不愉快な声（わが読者の声ではない）」と書いている。

とはいえ、作者を念頭に置いた上で読んでしまっていても、そうでない瞬間は読む行為の内に到来する。サリンジャーがたこつぼの中で書きながら、つかの間、戦争を忘れたかもしれないような、書くという行為が自動詞であることを実感する瞬間が、読むことにおいて、書くことととして、同じことととして来るのだ。

その時、作者と読者は異なりながらも同一人物である。私がこうして唾を飛ばしているのは、その識閾《しきいき》で行われる読み書きのことであって、それ以外ではない。そして、その姿勢を持ちうる者だけを、サリンジャーは「わが読者」と呼んだのである。『南方録』には、利休が南坊宗啓に対して「亭主もまた客の未熟さに引きずられて迷うことがある。だからこそ、例の和尚たちやお前などが客となってくるときには、私があやまつことは、まずあるまい」と語ったとある。立花実山は、利休に南坊宗啓を褒めさせているのだが、間村季那は真相を知った後でも、それを「疑う方法がわかんない」とかいう妙な言い方をしたのである。

私は今、恐れるところのない確信の中にいるので、迂闊なことをあまり深く考えることもなく言い放ちたい気分なのだが、実際、すばらしい利休を書こうという時、作者とは南坊宗啓であり、わが読者とは立花実山なのだ。

サリンジャーが発表した作品の「フラニー」よりあと、「大工よ、屋根の梁を高く上げよ」「ズーイ」「シーモア―序章―」「ハプワース16、一九二四」は全て、書き手が今まさに書いており、読み手をはっきり意識し、言及もするという形式が取られている。「シーモア―序章―」では、小説家でありシーモア・グラスの弟であるバディ・グラスがこのように書く。

こう言ってもあなたはわたしを許してくださるだろうと思っているが、もっとも、すべての読者が熟練した読者であるとはかぎらない（シーモアが二十一歳、英語のほとんど正教授といってもよく、教壇に立ってから二年たったとき、わたしは彼に、教えるという仕事で意欲を失わせるようなことがあるとすればそれは何かとたずねたことがある。彼はまったく意欲を失わせるようなことはなさそうだが、考えるとひとつだけぎょっとすることがあると言った。それは大学の図書館の書物の余白にある鉛筆の書き込みを読むということだった)。

（「シーモア——序章——」）

ここで書かれる「あなた」は、戦争体験を分かち合う戦友のような「完全な同感者」としての読者である。そんな読者は、今まさに書かれている文章を、読むことで書いているのだから、本の余白に解釈じみた書き込みを入れるはずがない。その結果、彼らは別の部分でバディが書くように「腹立たしいほど無口」になるだろう。ヨーロッパ戦線を生き延びたデイヴィッド・ロデリック二等軍曹はこう語っている。

毎日考えてしまうものさ。フラッシュバックが起きる。当時は毎日、殺されるか負傷させられるかで無事に帰れなくなるんじゃないかという気持ちがあったからね。しばらく経ってからもそういう感情が続いたり、時間を経てから耐えきれなくなったりするんだ。今でもリビングに座ってると、部屋か庭に大砲が降ってくることがある。ピカッと光る。轟音《ごうおん》が響く。まさしく大砲だ。で、そいつは去っていく。何度も何度も大砲の下をかいくぐって来たから、それでこういうフラッシュバックが起きるんだろう。妻に話したことはない。ほかの退役軍人にもね。だから彼らにもこういうフラッシュバックがあるかはわからない。サリンジャーは私と同じ恐怖を見てきた。彼も同じ悪夢を抱えていたんじゃないかと考えてしまうよ。

当然なことに、そんな態度で書かれた作品は書くごとに不評へ傾いていったし、サリンジャーも自分の求める読者と出会うことなどなかった。出会った瞬間に完全でいる権利を失う読者に、出会えるはずがない。宮沢賢治が手紙に書いた「あれはさうですね」の声が、実際に響いた途端に空しい嘘になるのと同様である。

先生が授業の合間に手淫しているという噂が入ってきたのは確かその頃のことで、

悪気のなさそうな野津田慎吾によれば、先生が講義中に必ずトイレに行くのは、女子大生を前に抑えきれなくなった性欲を処理し、授業を円滑に進めるためだと言うのである。先生が受け持っている別の講義ではかなり有名な噂ということだった。

「証拠はあるの？」と間村季那は訊いた。

「誰かが、掃除用具入れにスマートフォンの録音アプリを仕掛けたんだって。そしたらかなり微妙な音が入ってたって」

「かなり微妙な音って？」

野津田慎吾が口ごもったところで私は学食を見回した。この大学で一番大きな五百人ほど座れる学食も、午後五時をまわって人はまばらだった。遠くにいる男子学生の二人組はずっとカードゲームをしていた。こちらに背を向けている一人の肩が笑うように揺れている。私は、間村季那と話す機会を潰された思いでいたのだった。

視線を戻すと、間村季那は、ボルヴィックの青いキャップの側面のざらつきに親指の腹を何度もこすりつけていた。唇についていた雫をゆっくりせり出てきた舌が吸い取る。舌がしまわれると、不機嫌そうな表情が完成した。

「いや、でもなんか、バカにするわけじゃなくてさ？」と野津田慎吾は言い訳がましい抑揚で首を振った。「理想が高いからそうしてるんだって言い方だったけどね。先生って、変な人は変な人じゃん？　邪念を追い払うために、性欲を断ち切ってるんだって」その慌て具合はこちらが気の毒になるほどだった。「まあ、誰かが勝手に言ってることだからさ……」

私はこの哀れで邪魔くさい男が必要以上にみじめにならないよう、孤立の様を演じてテーブルの縁をじっと見ていた。

「間村さんって、ずっと社学だよね？」

「うん」と間村季那は態度を保留してうなずいた。

「俺、間村さんのこと今まで大学で一回も見たことないんだよ。阿佐美さんは何回かあるんだけど」

「あたし、ほとんど大学に来てなかったからね」

「でも必修課目があるじゃん」

「最低限のは出てたけど」

私も間村季那のことを大学で見たことはなかった。自分が大学にあまり来ないせいだと思っていたが、そういうことでもないらしい。

「それならなおさら見ると思うんだけどな。俺けっこう授業出てたし。単位とか取れてるの？」

「うん。立派に三年になってるじゃない」

「そうなんだよなぁ」野津田慎吾も深追いする気はないようだった。流れ始めた会話に安堵しているようで調子も出てきた。「でも、本当に一回も見てないんだよ。そんなことある？　間村さんって目立つじゃん？」

その発言ごと無かったことにするような凄まじい微笑が隣のテーブルの脚のあたりに向けられて、私は目が眩みそうになった。

「いや、目立つんだって」と彼は笑いながらもきっぱり言った。

ところで、黙っている私も同じ意見だった。こんな群を抜く美人が同じ教室にいたりそこら中を歩いてエレベーター待ちをしたりしていて、二年間も気づかないなんてことがあるだろうか？　ここに間村季那の何かしら秘密めいたものがあることぐらいはうかがえたが、絶望的な脈のなさを体現するところどころ塗装のはげたメガネをかけた目の前の学生と、そんな彼に期待しているだけの私には、間村季那の化粧の趣味が今日もちがうことを俎上にのせることさえ難しい相談だった。

その後、先生に関する噂は「大学の七不思議」程度の盛り上がりに収まりそうだったが、いつまでも異様な敵意を見せたのが道中あかりだった。彼女はどこかでまとまった時間を取って受けた野津田慎吾からの報告を相当なテンションで聞いたとかいうその日から、ゼミの最中、先生に軽蔑の目つきを遠慮なく浴びせるようになった。先生は気にすることもなかった。

サリンジャーの最後の発表作となったのは「ハプワース16、一九二四」だ。その構造は、冒頭で書き手が説明してくれる。

まずはじめに、できるだけはっきり、率直にコメントをつけておこう。第一に、私の名前はバディ・グラスである。私は自分の生涯のかなり長い歳月のあいだ——四六年間のすべてと言ってもよいだろう——自分が念入りに配線され、時折、コンセントに差し込まれて、長兄の故シーモア・グラスの、短く、網の目のように入り組んだ生涯と、その時代に光を当てるという目的のために取りつけられた電気器具ではないかという感じを抱いてきた。シーモアは去る一九四八年に、三一歳で死んだ。つまり、自殺をして生存の中断を選択したのだ。

いまここで私は、おそらくはこの同じ紙面に、四年前に初めて読んだシーモアの手紙をそのまま書き写し始めるつもりである。母のベッシー・グラスがそれを書留郵便で送ってきたのだ。

今日は金曜日だ。この前の水曜日の夜、私は電話でふとベッシーに、この数ケ月の間私が、一九二六年のある晩、彼女とシーモアと父さんと私が行ったあるパーティー、きわめて重大なパーティーについてのある長い短篇を書いていると言ったのだった。この事実は、今手許にある手紙に、多少ではあるが驚くべき関連があると私は思う。「驚くべき」というのは適切な言葉ではないことは認めるが、この場合はいいだろう。

コメントはこれでやめにしよう。ただもう一度繰り返すが、私はこの手紙を一字一句違わずにタイプするつもりだ。ここから始まる。

一九六五年五月二八日

ここから「タイプ」される長い手紙は、グラス家の長男、七歳のシーモア・グラスが、一九二四年の夏休みにメイン州のキャンプ地・ハプワースに来てから家族に送ったものだ。それを、次男で小説家のバディが書き写しているのである。

ここで先生は、訳に致命的な誤りがあると指摘した。私たちに「四年前」を「四時間前」へと訂正するように言い、「バディは四時間前に読んだ手紙を、すぐさま書き写しているのだということをよく覚えておくように」と言った。

手紙には、シーモアの、キャンプ地の大人たちに対する批判意見、文学作品や哲学に対する考察、自身の性的欲求などが、七歳児としてはありえないほど高等かつ饒舌な文体で語られている。

この小説で、シーモアが現在いるキャンプ地を、バディが書き写しをしている日付をそれぞれはっきり示していることはかなり注目に値する。その前作にあたる「シーモア―序章―」で、同じく書き手のバディ・グラスがこのように述べているからだ。

わたしと同じ年齢で同程度の収入があり、自分の死んだ兄弟のことを魅力的な半ば日記形式で書く非常に多くの人間は、わざわざ読者に日付を知らせたり現在自分のいる場所を教えるようなことはしない。共同で仕事をすることなど考えてもいないのだ。わたしもそんなことはするまいと誓っている。

この引用をそのまま裏返すと、日付や自分の居場所を示した「ハプワース」では、その情報を折半しているシーモアとバディの二人と読者の間で、なんらかの仕事が共同で行われるということになる。

もちろん、その作中において、共同で仕事をする読者は、幼いシーモアからの手紙を送られる両親と弟妹たちである。しかし、冒頭でバディがあらましを書く以上、別の関係性が存在してしまう。書き手たるバディ・グラス（サリンジャーと言っていいかもしれない）と、読み手たる現実の読者の関係だ。

シーモアから家族に宛てられた手紙が、バディから読者に宛てられた手紙と読み替えても差し支えないものとなっているのは、以下のような部分を一読すればわかってもらえるはずである。

ぼくが愛する家族の者に会いたくて淋しく思っているからといって、そのお返しに、あなたたちもぼくに会いたいと思ってほしいなどと望んだりしないで、充分にこの淋しい気持を味わえますように！　そのためには、いまのぼくよりもっと強い性格が必要なんだ。しかしまた、別な見方からすると、あなたたちはちょっと思い浮かべただけでも、すっかり心をとらえてはなさない人たちだということも紛れもない事実なんだ！　本当に、あなたたち一人ひとりの活気のある生き生きとした顔が恋しいよ。ぼくには愛する者たちからずっと離れて生きるための強い支えというものが生まれつき欠けているんだ。あのとらえどころのない、キャンプ仲間のわが弟とは違って、ぼくの独立独歩など底の浅いものだということは、どうしようもなくぼくにつきまとうユーモラスな事実なんだ。

あなたたちに会えないという喪失感は、今日きわめて強く、結局は堪えられなくなるのではないかということを念頭に置きつつ、ぼくはまた、このまたとない機会を捉えてささやかながらぼくが新しく身につけた、作文構成法と品性ある文章作成法を試してみようと思う。

この時、家族という隠喩は「読者」に温かな意味を付け加えることになる。前作に遡ってそれを検討してみよう。『大工よ、屋根の梁を高く上げよ　シーモア―序章―』の献辞にはこうある。

もしも世にまだ読書の素人《しろうと》という方——もしくは、ただ本は走り読みするだけという方——がおられるならば、わたしは、言いがたい愛情と感謝とをこめて、その方にお願い申し上げる、なにとぞこの書の献呈の言葉を四つに分割して、わたしの妻と二人の子供とともに受け取られんことを。

サリンジャーは、書かれた文章がどんな人間に読まれるべきなのかについて考えている。そして、それに値する人間の一方に「家族」を挙げる。その上で、「ハプワース」を子供が親に出した手紙として書き、日付と場所を指定し「共同の仕事」に参加させるよう仕向けた。

ここに浮かび上がる配役は「親が子供の手紙を読むように読む」読者である。

唐突に道中あかりの話に戻るが、だから、このようにおよそ自分とは関係のないことが話されている時の彼女は、単純にそれしかやることがないのもあって、しかめ面の一歩手前のところから先生を眺めていた。プリントを手渡される時は、先方がどこを触ったものかよく見て気をつけていたし、トイレに出て行った時なんかは、ここぞとばかりに大騒ぎした。

「やっぱり噂は本当なのよ！」

私たちは彼女をなだめようと手は尽くしたつもりである。しかし、そこに座っている限り、彼女を黙らせることは不可能だったから、ひどい手口を使ってしまうこともあった。

「野津田、確かめてきてくれない？」と道中あかりは相手の肘に手をかけた。

「なんでだよ」

いつの頃からか、私たちの席の並びは、先生に向かって右から、間村季那、私、道中あかり、野津田慎吾という風になっていた。道中あかりのさり気ない努力が野津田慎吾の臆病さと我々の無関心を受けて実を結んだという形であったが、そのせいで彼女は、自分を通り越して間村季那に目を奪われる意中の相手を幾度となく見ることになってしまった。担当教員の自慰行為の噂に苛立つのも、ままならない恋愛が影響していたのだろう。

「だってこんなんじゃおちおち授業も聞いてられなくない？」

「どうせ聞いてないじゃん」

「ひっど」

そんな会話がぼそぼそ響く中、先生は手淫に及び、間村季那はものの見事に座っている。私は手元のメモなんか読み返しながらおよそこの文章のような斑模様の思考を展開していたのだが、時折、こんな具合にお鉢が回ってくることがあった。

「ねえ、阿佐美ちゃん？」と道中あかりも呼ぶようになっていたのだ。「今のひどくない？」

「ひどいね」と私は隣で笑う。

もうおわかりかもわからないが、私は彼女のことをあまり悪しざまに書きすぎないように気をつけている。というより、それと同じ配慮がこの時の笑顔には既にあったと言った方が正しいだろう。私は作家になってしまったヴァルザー同様、ひとりの人間としてはそれほど良好な健康状態とは言い難かった。

「ていうか、本当に何してんのかな？　時間、計ってみる？　今、何分ぐらい経った？」道中あかりは誰にともなく矢継ぎ早に言って、せわしない親指の動きでスマホのアプリを立ち上げようとした。

「野津田くんはさ」私はその手を止めたくなって言った。「だいたい何分かかるの？」

野津田慎吾はぎょっとして、道中あかりは顔をつぶすようにして必死で笑った（というのが我が配慮された描写としてはぎりぎりのところである）。「参考記録」間村季那は体を後ろに倒して、一番奥の男子学生に視線を飛ばしていた。

道中あかりは防衛の笑顔を崩さぬままに、私たちに抗議とも感謝とも言いかねる目つきを泳がせた。私は小さな満足を覚えながら、間村季那といることで気兼ねなく大胆になっている自分を反省したりもした。

野津田慎吾は慌てふためいた挙げ句に馬鹿正直に答えた。正確に何分と言ったか――それが奇数だったという意味ありげな記憶を除いて――忘れてしまったが、先生が戻ってくると、私は実に真剣に話に聞き入ることができた。気もそぞろな二人への興味などあるはずもなかった。

ここで、書く者の態度についての意見を二つ、実質一つ紹介する。一九〇七年の日本と、一九一四年のチェコスロヴァキアで、書かれた文章だ。

写生文家の人事に対する態度は貴人《きじん》が賤者《せんしゃ》を視《み》るの態度ではない。賢者《けんしゃ》が愚者《ぐしゃ》

を見るの態度でもない。君子《くんし》が小人《しょうじん》を視るの態度でもない。男が女を視、女が男を視るの態度でもない。つまり大人《たいじん》が小供《こども》を視るの態度である。両親が児童に対するの態度である。世人《せじん》はそう思うて居るまい。写生文家自身もそう思うて居るまい。しかし解剖すれば遂《つい》にここに帰着して仕舞《しま》う。

小供《こども》はよく泣くものである。小供の泣く度《たび》に泣く親は気違《きちがい》である。親と小供とは立場が違う。同じ平面に立って、同じ程度の感情に支配される以上は小供が泣く度《たび》に親も泣かねばならぬ。普通の小説家はこれである。彼等は隣り近所の人間を自己と同程度のものと見做《みな》して、擦《す》ったもんだの社会に吾《われ》自身も擦ったり揉《も》んだりして、飽《あ》く迄《まで》も、其《その》社会の一員であると云《い》う態度で筆を執《と》る。従《したが》って隣りの御嬢さんが泣く事をかく時は、当人自身も泣いておる。自分が泣きながら、泣く人の事を叙述するのとわれは泣かずして、泣く人を覗《のぞ》いて居《い》るのとは記叙《きじょ》の題目其物《そのもの》は同じでも其《その》精神は大変違う。写生文家は泣かずして他《た》の泣くを叙《じょ》するものである。

夏目漱石（「写生文」）

先だってフェーリクスのところに行ったときのこと。帰路マックスに、ぼくは臨終の床で、もし苦痛がさほどひどくなければ、非常に満足していられるだろう、と言った。それにつけ加えるのを忘れ、あとでは故意に言わなかったことだが、ぼくが書いた最良のものは、この、満足して死ねるという能力のなかにその根拠を持っているのだ。そういう最上の作品のなかの、すぐれた、非常に説得的な文章がつねに目ざしているのは、次のようなことなのだ。すなわち、登場人物が死ぬが、それは彼にとって非常に辛いものになるので、そこに彼にとっての不当さ、少なくとも無情というものが生じ、その結果、少なくともぼくの考えでは、その死が読者を動かすようになる、ということ。しかし臨終の床で満足していられると信じているぼくにとっては、こういう叙述は、密かに言うが一つのゲームなのだ。なぜならぼくは、死んで行く人物のなかに入ってすら喜んで死ぬが、そのことによって計算しながら、死へ集中された読者の注意を、とことんまで利用するからだ。だからぼく自身は、臨終の床で嘆くというふうにぼくが設定している人物よりも、はるかに明晰な意識を持っている。そしてそれゆえにこそ、ぼくの嘆きは可能なかぎり完全なものなのであり、現実の嘆きのように、いわば突然途切れてしまうのでなく、美しく澄みきって流れて行くのだ。これは、まだ嘆きと信じさせるにはほど遠いような悩みを、ぼくがいつも母に向かって嘆いていたのと同じことだ。もちろん母に対しては、読者に対するほどの大きな芸術的消費は必要ではなかった。

フランツ・カフカ（日記より）

漱石とカフカは、親と子という反対の立場から考えながら、まったく同じ態度について書いている。

彼らによれば、ある状況で嘆かない者は――本当の意味で嘆いていないからこそ――ある状況で上手に嘆く、あるいはそれについて書くことができるという。

サリンジャーは「ハプワース」で、読者を両親役、つまり書き手に感情移入しない立場に据えた。それによって、読者は配役の上では「両親が児童に対するの態度」で読むことになるが、それは同時に、シーモアの手紙が、また「ハプワース」という小説が書かれた態度でもあるのだ。

カフカは、受け手が母であれば「読者に対するほどの大きな芸術的消費は必要ではな」いと述べている。「シーモア―序章―」でカフカの日記を引用しているサリンジャーは、この日の日記も読んでいる可能性が高い。サリンジャーが、これを読み、読者を両親に重ねる仕掛けを打つことで「シーモア―序章―」でやり過ぎた芸術的消費を抑えることを目論んだとすれば、シーモアが十四歳でなく七歳である理由も考えやすくなる。シーモアを児童と呼ぶべき七歳に留めなくては、読み手の「両親が児童に対するの態度」は引き出せないのだ。

この時、七歳という「設定」を際立たせる最も簡単な方法は、子供からの子供じみた作文にしてしまうことだろう。しかし、それでは逆に、親と子が乖離し、そこに書かれた「子供らしさ」を追懐する可能性が高まってくる。それでは、読者を「書く行為」の体験から遠ざけることになる。

それを防ぐには、手紙の書き手を、大人のような文章を書く子供にすることである。はたして、シーモアは芸術的消費を抑えた「作文構成法と品性ある文章作成法」や「すぐれた文体を盛り込まなくちゃならないという重荷」を抱え込んだ「七歳の子供」という奇妙な存在として現れることになった。もちろんこの七歳児は、性愛の問題についても大人びた考えを持たざるを得なかった。

そして彼は、漱石とカフカが書くような「両親が児童に対するの態度」で「まだ嘆きと信じさせるにはほど遠いような悩み」を書きながら、その手紙を他ならぬ両親に読んでもらうのである。

だから、「ハプワース」におけるシーモアのいきすぎた天才性は、小説の目的——読者との共同作業——を実現するために、やむなく借り出されたといえる。無理が通れば道理が引っ込む。その狭間で、文章だけが喜々として書かれたのだ。

間村季那の性愛にじかに触れたのは一度だけ。左手の薬指の爪のところが、段をつくってへこんでしまうようになった顚末を恐る恐る、しかしいかにも平静に訊ねた時だった。それを説明するにあたり、私が唐突に、次の改行の向こうで、手すさびという感じでもなく、お相手の男子小学生に身をやつしているのを寛容な心で許していただきたい。なぜなら、これからここに書くことを、間村季那はそっくりそのまま——最後の一撃を除いて——私にやらせたのだから。

小学四年の五月のある日、午後五時頃のことだった。私はクラスメイトの男女合わせて六人ほどの混合かくれんぼに参加していた。遊びの天才などと調子よく呼び合う男子連中は、普段ならかくれんぼなんて単純ですばらしい遊びはしないのだが、女子が一人二人混ざるというだけで、何か浮き立つようになって、じゃあみんなが楽しめるものをと殊勝な意見を吐くのだった。

女子の一人は間村季那といって、四年二組の学級委員を私とともに務めていた。私が学級委員長で、彼女が副学級委員長。この美しい少女と、勉強もスポーツもよくできる私はとてもお似合いだということだった。

互いに意識していなかったはずがない。鬼が間延びの声で数を数え始めると、私たちは見えないところで自然と落ち合い、コの字型に建った校舎が抱いている体育倉庫の裏に隠れた。それは校舎ぎりぎりに二つ並んで設置されていて、私たちのようにやせた体型と、しなやかな身のこなしがなければ入ることのできない場所だった。

夕暮れの薄闇の中、間村季那はポケットに入っていた飴を取り出した。小さな包装に緑と青の四角いアメが並んで入っている、その頃よく見たものだった。間村季那は青の方を私に渡した。

「あたしの歯ってすごいんだよ」と間村季那はアメをばりばり噛みくだきながら言った。

早々にほとんどの歯が生え替わった彼女の奥歯は人よりだいぶ溝が深いとかで、歯医者に行くたびに、こんな人は初めて見た、気をつけてみがくようにと注意されるのだという。それでも十歳の間村季那は生まれてこの方一度も虫歯になったことがなく、四つのよい歯バッジを持っていて、それを、大きな筆箱のなぜか内側につけていた。

と、ショートヘアをなびかせてやや上を向いた間村季那は、それこそ歯医者に見せる無防備な顔を私にさらした。出された左手には薬指がぴんと立ち、小指だけが遠慮がちに同伴していた。それは輪のように広げた口の片端から差し込まれ、世にも珍しい臼歯の清潔な谷底に爪を立てた。くっきりした白い歯とちぢこまった舌が見えた。やがて抜かれた薬指が、再び私の目前に示された。第一関節のあたりまでぬれて光っている。桃色の爪の先端には、マスカット色の宝石のようなものがあり、それはまるで犬歯のように細く尖った形をしていた。

つまり、臼歯の裂溝の深さの証明だったのだが、私はそれを理解しなかった。わけもわからずただそいつを指ごとしゃぶりあげたいという、尖りだした性欲には至極もっともな衝動でいっぱいだった。

「ほら」と間村季那はあらゆる角度から見せようと手首を何度もひねって回した。

「これぐらい深いの」

唾液をまとった爪が、倉庫の隙間に差し込むわずかな光を集めて静かに反射している。その小さな半月と甘皮の境目にごく小さな白い泡を一つ見つけた。と、それが音もなく弾けた。

「ね」間村季那は息を漏らすように言った。

私はもう間村季那の薬指を口に含んでいた。舌の上になめらかで温い指を感じるや、私は夢中でからみつかせた。ほのかに甘いマスカットの味はすぐに唾液に希釈され、私はいつの間にか間村季那の手首をすがるようにつかんでいた。引き寄せながら、口先を指の根元まで攻め入らせる時の背筋が膨らむような興奮だけでは飽きたらず、私はつりそうなほどに伸ばした舌の先で、間村季那の薄い水かきをくすぐった。このまま喉元まで突っ込んでいっそ嘔吐したい衝動にかられたところで彼女の手が初めてぴくと動いた。口をすぼめて味わいながら戻していったしまいに、間村季那の爪を下唇に感じ、もうすでにはち切れんばかりの私の恍惚はより鮮烈で抗いがたいものになった。白く細い薬指。大人びて強《したた》かな爪。私はそれを唇から放し、一瞬顔を傾けて上下の奥歯の間に据えた。犬が硬い獲物を捕らえ直すようなあの動作。つまり理性の及ぶところではなかった。私は間村季那の指を思いきり嚙んだ。

砕かれた薬指は元通りにならなかった。間村季那は誰に言いつけも説明もせず、今まで通りに、私と学級委員を務め上げた。結婚してしまえばいいのに、と担任の先生までもが言った。私たちはとてもお似合いだった。

「そういえばあの双子だけど」と間村季那は凹んで濡れた薬指を立てたまま、私に向かって明るい声で言った。「また東京に来るの」

「なんで?」私の舌にはまだ間村季那の指の感覚が残っていた。

「かかりつけの矯正歯科に行かなきゃいけないから」

私は、噓みたいな感嘆の声を放った。この愚かな発声が、その矯正歯科通いに象徴されるような、親の庇護下にある双子のなんだか不思議に幸福そうな生活にほだされたものであったならよかったのに。しかしこれは、あらゆるものから距離を取ろうとする私の悪癖が、そのあらゆるものに間村季那さえ押し込めようとする際の、洩れた空気が鳴らす高い音でしかなかった。そんなうわずり声を、叔母が私の年齢の頃にどんなだったかしつこく訊ねる時とかに、思わず聞かせてしまったものだ。

そして今、私が口にすることができるのは、間村季那のすでに凹んだ指だけなのだった。私は間村季那を畏怖した。だから訊くことができた。

「お化粧は、どういう理由で変えてるの？」

「趣味に応じて」

誰の？　という言葉は飲みこんだ。

では、読者が「ハプワース」を読む時に何が起こるべきか？

まず、作中の「読み手」は「ベッシーとレス＝両親」だが、読むことによって書くという行為を体験できる「完全な同感者」は「シーモア＝子」になっている。その時、「シーモア＝子」は「親が子に対するの態度」で書いていることを理解するだろう。つまり、もしも読者が究極の理想である「完全な同感者」だと仮定するならば、彼は「シーモア＝子」が「両親」に宛てた手紙という形式の小説を読む行為の内に、読み手に宛てて親が子にするような態度で書く行為を体験することになる。さらに、その体験から抜けた時、その書く行為の宛先は、それを今まさに読んだと認識可能な、外見上の「読み手」である「読者＝自分」となる。その時、彼が事後的に認識する「書き手」はサリンジャーだ。

小説の終盤、書き手のシーモアは、初めてもしくは改めて読みたい本のリストを、各本へのコメント付きで要求している。僕らのいるキャンプ地までこれらの本を送らせてくれと両親に頼むのである。

とすると、この部分を書いているように読むことができる「完全な同感者」は、読まなければならない本を自らに指定することになる。つまり、「書き手」としての体験を抜けてそれを追懐する段になった時、読者は本を外から眺める「読み手」に戻らざるを得ないわけだが、もしも体験がこの上なく強烈に働いているとすれば、――読み終えてすぐにその手紙を書き写したバディ同様――追懐にならないうちに本を送るか送られるかしなければならない。戦場に靴下を送り続けた母親のように、かつそれを送られた息子のように。それは現実において、「ハプワース」に挙げられた指定図書を自ら読むという行為として現れるしかない。

こうした、完全に成功すれば啓蒙ですらないような啓蒙、もしくは身も蓋もない言い方をすれば真の意味での自己啓発が、私の考えたサリンジャーの目論見だ。この考えの原型は『大工よ』の献辞の直後にうかがうことができる。

かれこれ二十年ばかり前、すこぶる子だくさんなわが家が、おたふく風邪の攻略を受けていたときのことである。ある夜、一番下の妹のフラニーが、当時一番上の兄のシーモアと私とで共同に使っていた部屋へ、ここならバイキンがいなそうだというわけで、寝台から何からそっくりそのまま、移されて来たことがある。わたしが十五、シーモアが十七歳であった。翌朝の二時頃になって、わたしは、この新来の同室の友の泣き声に目をさまされた。わめき立てるその声を聞きながら、中途半端《はんぱ》な姿勢で、なおしばらく黙って横になっていると、数分して、隣りのベッドでシーモアが、もそもそと身体《からだ》を動かす音が（あるいは気配が）した。その頃、私たちは、非常の場合の用心に、二人の間のテーブルの上に懐中電《でん》燈《とう》を置いておいた。非常の場合は、わたしの記憶するかぎりでは、ついに一度もなかったけれど、シーモアはこの懐中電燈をつけると、ベッドから抜け出したのである。「哺乳瓶《ほにゅうびん》はストーブの上だって、ママが言ってたぜ」わたしは彼に言った。「少し前にぼくがもうやったよ。おなかが空《す》いてんじゃないんだ」シーモアはそう言うと、暗い中を本箱のところまで歩いて行って、懐中電燈をゆっくりと動かしながら、書棚のあちこちを照らし出した。わたしはベッドの上に起き上がって「何をしようというんだ?」と言った。「彼女に何か読んでやろうと思ってさ」シーモアはそう言うと、書棚から一冊の本を抜き出した。「だって、まだ生後十カ月だぞ」とわたしは言った。「分ってるよ」シーモアは答えた「耳があるからな。聞えるさ」

この夜シーモアが、懐中電燈の光でフラニーに読んでやったのは、彼が大好きな話で、道教のある説話であった。フラニーは、シーモアが読んでくれたのを覚えていると、今日《こんにち》でも断言して譲らない。

研究によれば、生後十ヵ月は、意味を知らないまま音のかたまりとしての単語を貯めていく時期にあたるという。つまり、それぐらいの赤子にとって言葉に関わる全ては、追懐ではなく、体験となる。「実感の人」である二葉亭四迷が自然と逐語訳を選び、言葉を正しく切り分けようと努力したことが思い出される。

朗読される時、赤子は読むことも書くことも知らない状況で、書かれたものを体験する。その体験を抜け、「シーモアが読んでくれたのを覚えている」と言う時、フラニーはかつて理解するのではなく体験した当該の説話を「読まねばならないもの」として与えられることになったはずだ（その後、『フラニーとズーイ』の中で成長した姿で描かれる彼女は、亡きシーモアの机の上に置いてあった『巡礼の道』という本を読んで苦しむことになる)。すると、『大工よ』の献辞における「読書の素人」とは、赤子のフラニーに象徴される、読書を運動する言葉として、読み書きの分別なく体験する者たちに宛てられた言葉のように思えてくる。サリンジャーが小説を捧げたいのは他でもない、そのような読者たちなのだ。

この頃、ゼミが始まって一ヵ月が経とうとしていた。私はこれから、五月のある日曜日にゼミぐるみで出かける羽目になったピクニックの場面をお目にかけることにしたいのだけれども、その前に、いくつか書いておかなければならないことがある。

大学では、学期中に一度の屋外講習の実績というのが義務づけられていた。どこかで聞いたような話だが、大学に籠ってとりすました暮らしをしているのは嘆かわしいというわけだ。先生のゼミのシラバスにも「情景描写の実践」というもっともらしい説明がついていた。間村季那に読まれるかもしれないと思うと気が気ではなく、私はこれにかかりっきりになろうと鼻息荒く準備を整えた。幸い私には『南方録』がある。これを念頭に置けば間違いないというわけで、その日の私は、ギリシア建築からルネサンス建築まで辿り着いた都市景観論と、シラバスに「絵画や『ハリー・ポッターと賢者の石』を手掛かりに錬金術について概観しましょう」と予告されていた科学史の講義をさぼり、駅前からの目抜き通りに面したビルの三階に入っている喫茶店の窓際席で『南方録』を読み始めた。眼下には、駅前のロータリーと噴水広場が見えた。

私は最初、そこを読んで意味もわからず震えてきた指先を放っておいた。が、確かに心に留まるような文章ではある、と悠長に構えている場合ではなかったのだ。すぐに、テーブルを鳴らすほど肘から先が暴れだした。そしてもう次の瞬間には、逆巻く感情を抑えるため、本の谷間に額を強く押し当てて目元を覆わなければいけなかった。

野外で茶を点てる野点について書かれた箇所である。

三一　野がけ、狩場などにて茶会を催すことあり。宗易、大善寺山にて御茶上《たてまつ》られしには、愚僧も供して勝手を仕《つかまつり》しゆへ、よく〳〵所作を見申候なり。宗易の玉ふは、野がけなどは定りたる法なけれども、根元の格は一々そなはらずしてなりがたし。第一景気にうばゝれて茶会しまぬものなり。別して客の心も、とまるやうにする本意なり。それ故、道具も別して秘蔵の茶入などよし。大善寺山にては、尻ぶくら茶箱に仕込《しこま》れしなり。能々《よくよく》勘弁すべし。器物などは水すゝぎてさはやかにするを第一とす。興を催し過候へば雑席のやうになり、うと〳〵しければ景気にうばはるゝなり。よく〳〵功者の所作ならでは成《なり》がたし。

三二　野がけは、就中《なかんずく》その土地のいさぎよき所にてすべし。大方松陰、河辺、芝生などしかるべし。主客の心も清浄潔白を第一とす。しかればこの時ばかり清浄にするにあらず。茶一道、もとより得道の所、濁なく出離《しゆつり》の人にあらずしては成《なし》がたかるべし。未熟の人の野がけふすべ茶の湯は、まねをするまでのことなり。手わざ諸具ともに定法なし。定法なきがゆへに、定法、大法あり。その子細は只々一心得道の取をこない、形の外のわざなるゆへ、なまじゐの茶人かまいて〳〵無用なり。天然《てんねん》と取行ふべき時を知《しる》べし。

私は、これを小学五年生の時に音読したことがあるということをはっきりと思い出したのである。間違えずに、すらすらと、叔母の前で読んだのだ。それから弟が入院し、私は叔母と手を繋いだ。だから、さっき心に留まると書いたが、そのピンの根元には既に――意味もわからず単に正しく読んだ――十一歳の私が貫かれていたのである。

合わせて三十二年分、情緒不安定なことに、またも私は滂沱の涙であった。

さらに悪いことには、ここに書いてある野点の記述は、書くことが茶を点てることと同じ一つの所作である以上、自然の中での情景描写の心構えとして読んで何の問題もないのであった。例えばぽつぽつ訳してみると「興がのりすぎれば雑談の席のようになるし、よそよそしければ景色に心を奪われることになる。よほどの功者の所作でなければできないことである」、「茶の道は本来、仏の悟りと同じで、濁りなく迷いを離れた人でなければ成すことができない」、「点前、道具ともに定法はないが、定法がないからこそ、定法とさらに大きな法が存在する。野点の子細は一心得道がもたらす行動であり、形式を離れたわざなので、生半可な茶人には全然無用のものである。天然と構えなく野点ができるようになる時を知るべし」などは、野点を情景描写に置き換えて、私が今でも肝に銘じながら、その時を待っているようなことである。

叔母は無為にこんな文章を選び出したのだろうか？　それともやはり教育の一環

で、こんな風になることを見越していたのだろうか？　しかし、こんな問いかけは、読みながらこの身この時に十年分のだるま落としを喰らうことに比べればどうということはなかった。少なくともそれについては、叔母も同意してくれることだろう。

窓から入る光は弱まり、店内の照明と区別がつかなくなっていた。私は駅前の広場をぼんやり見下ろしていた。と、その視界に胸騒ぎを覚え、水気のない疲れ目をあちこちに走らせた。

間村季那。隣には見知らぬ中年の男。二人は何やら話しながら微妙な距離で、駐輪場の横の道へ消えた。線路と広い国道の高架が交差するその暗い道の先には、ラブホテルしかない。

先生は提出期限が来る前に失踪したので、この「情景描写の実践」を提出する必要はなかった。それでも私はなんとなく意地悪な気分になって、律儀にメールで送りつけた。その返答のように講義資料が届いたのだが、それは間違っても私の文章の出来が良かったせいではない（なんせ私の文章は季節すら無視していた）。おそらく先生には、私の興味が間村季那にしかないという一目瞭然の事実がわかったのだろう。だから、私たちは同感者だった。そして、淡い期待を淡いままに、いわばその集合地点から遠ざかるようにはなればなれにならなければ、そう考える気力も失せてしまうことも知っていた。

大学の近くには大きな公園があった。水郷地帯に取られた土地に、二つの川へまたがるように遊水池が置かれ、用水路が巡らされている。風は涼しく日差しは暖かだった。大きなハンノキが影も落とさない真昼時に、水辺を前にしたベンチに並び、手前のパン屋で買ったお昼を食べた。腹ごなしに歩きながら私たちが向かったのは、公園の北西部に大きく取られた野鳥園だった。そこにはバードサンクチュアリという名がつけられていた。

「また大層な名前をつけたもんだなあ」と野津田慎吾が言った。

先生が離れて歩いているせいで、彼の口調は普段となんら変わることもない。その隣に道中あかりがくっついているのも見慣れた光景だった。

横幅のある用水路に面した散策路の行き止まりは、用水路と隔てるようにログハウス風の囲いができていた。そのあちこちに横長の覗き窓があいている。そこから、杭にとまったり毛繕いをしたり、頭を突っ込んでエサをとったり、思い思いに過ごしている鳥たちをこっそり眺めるそれがバードサンクチュアリ、ということだった。

「なんにもいねえんですけど」と野津田慎吾が言った。

わざわざ腰の高さの窓から覗きこんでいる間村季那は、もちあがったお尻をつき出して、長い足をぴんと伸ばしたかなり無防備な体勢だった。その頭の上のところには、野鳥の絵と説明の書いたパネルがあり、描かれた原寸大のカワセミがちょうど間村季那の柔らかい髪のふんわり盛り上がった頭頂部にしずんでいるように見えた時、私はこの上なく幸せな気分に陥った。

「杭しかないね」隣に立ってのぞいている道中あかりも言った。

「杭・サンクチュアリだな」

「杭って英語でなんだっけ？」

口ごもる他愛ない会話の最中も私は間村季那の下半身を見ていた。

「パイル」

私はその一言にひどく驚いて思わず目をそらした（なぜこの会話を消さずに残したものだか理由がしばらくわからなかったのだが、後で今までの文章をはじめから読み返してみて、私はバルジの戦いで処刑された者たちが杭に結びつけられていたという一節にあたった）。

パイル・サンクチュアリ、と野津田慎吾がしみじみ言うのにも嫌気が差してそっと視線を戻すと、間村季那は何にも言わず、窓の向こうのあちこちに目を走らせている。それで成果が出ないと見るや、今度はしゃがみこんで一つ下の覗き窓をのぞきこんだ。鳥が好きなのかも知れない間村季那のデニムのウェストは、あんなに細いのにまだ綺麗に浮いている。そこから、白にかわいい青のステッチをあしらった下着が見えているのに気づいた。こうした痴態につきまとう粗野でみっともない感じはそこになかった。しなやかで鮮やかな肉体をもつ者は、衣服でそれを隠しきれるはずもなく、周囲の者をあおり立てる。その一端を、時に、何一つ裏切ることなくのぞかせる。

そこに目を留めて何秒かして、やっと私に良心が戻ってきた。いけないと顔をそむけて遠くへ泳いだ目が横にいた先生にぶつかった。行きすぎて揺れ戻るようにして、その顔にピントがあった。

先生は後ろ手を組んで、間村季那のデニムの隙間を凝視していた。

「カモだ！」

その大声に驚きながら、私は目前の出来事と決別し、サンクチュアリの覗き窓にすがりついた。その木枠はほんの少し湿っていた。

用水路はゆるやかなカーブを描いて遠くで見切れていた。今まさにその岸辺を回って、一羽のカルガモがあまりにもゆっくりと、波に満たない水のふくらみを引きつれて進んでくるところだった。

「おっそ」と野津田慎吾が言った。

あははと笑う道中あかりの声が耳に入る。

なんとなく視線を落とすと、私の右下の窓から、間村季那のダウンジャケットに包まれた左腕がのびている。力の抜けた指先は、青い川面に複雑な影を落としていた。指先のへこみはわからない。

結局、見つかった鳥はそれ一羽だった。私たちはのんびり屋の到来を待ちきれずにバードサンクチュアリを後にした。

「先生、カルガモ見ましたか？」

キャメル色のダウンジャケットの腕についた木くずを払いながら質問する間村季那に、先生は表情のないうなずきを返していた。

間村季那は鳥が好きらしかった。

「あの、黄色い鳥は？」

「カワラヒワ」

なんでも答えてくれるので、私は手当たり次第に訊いていた。話していないと、さっきの先生の立ち姿が浮かんでくるのだ。事実、「アカマツとクロマツの違い」なんて説明書きを見下ろしている先生のたたずまいは、間村季那の下着を後ろからのぞき見ているのと何一つ変わらないのだった。幹が少し赤みがかって、葉が柔らかいのがアカマツらしい。

やがて大きな広場に出た。そこは一面が傾斜のある野原になっていた。

私たちの前で、まだ黄色っぽい草を跳ねるようにゆく散歩の黒い柴犬が、鳩に飛びかかろうとして、リードをぴんと伸ばして立ち上がった。町中のとはずいぶん違ってとても敏感な鳩はそれしきのことで飛び立ち、何を思ったか、いくつもの丘が連なった広場をぐんぐん上がっていく。かすめた丘のてっぺんの草を震わせるようになびかせている透明な風。それを追いかけるように流れた視線がゆるい稜線を大回りに下っていくと、高さ低さの隙間に、小川が一すじ見つかった。それは野原に隠れながら現れるごとにだんだんふくらみ、はるか下では広くのべて、無数の小波を立てながら陽光を輝かしく散らしていた。ましてそこでは、ズボンをまくり上げた子どもらが、かわいい水しぶきと高い声を上げている。これらを目の当たりにした私たちは、みんな月並みな感想を言い合って、上機嫌で立っていた。

「トイレ行きたい」と間村季那が言った。見ると、ももの内側に両手を差し入れてこすっている。「カルガモ見た時からずっと行きたくて」

「こういう時は」と野津田慎吾が言った。「お花を摘みに行ってきます、って言うんだよ」

「下にあるの、トイレじゃない？」

道中あかりの指さした方、子どもたちの遊んでいる小川のほとりには、黒い屋根の小屋があった。

「お花、我慢できない」

軽く駆け出す間村季那に私は見とれた。スキニーデニムとハイカットの黒いスニーカーからなる彼女の長い脚はよく回った。足下の悪さから時々バランスをくずしそうになると、少し横に広げた肘から先と小刻みな歩幅で取り戻し、こちらを一度も振り返らない。キャメル色の薄いダウンジャケットはすっかり小さくなった。

「絵になりすぎない？」と道中あかりが言った。「間村って」

熱烈な同意の声をあげる寸前、彼女が野津田慎吾しか見ていないことに気づいた。あやうく口を押さえそうになったぐらいである。

「スカウトとかされてんじゃない？」と野津田慎吾は平静に言った。「アイドルとか」

「どっちかって言うとモデル？」

「知らんけどもさ」

「あんな子と付き合いたいって思わない？」

私はちょっと聞いていられず、野原と道の境にある小さな花壇にふらふら歩いて行った。そこには、コミュニティクラブの有志によってチューリップの球根が植えられていると知らせる小さな札が立っていた。よく見れば、土のところどころに、緑と黄と赤をざっと水でといたような斑の芽が吹いている。地中に南国の鳥がくちばしだけ出して埋ずまっている感じだった。彼らは、茎とそれをくるむような葉に背骨と羽を現し、色は三枚ずつの花弁とがくに鮮やかに吸わせてやり、地中でゆっくり朽ちてゆき、白く細い骨を根に残すのだ（こうした比喩はまずもって退屈の証である。対象物への愛はもてあました暇の内に言葉を積み上げる。フローベールも退屈であったことは想像に難くないし、私は、チューリップの花弁は六枚に見えるがその半分は花弁化したがくであるという知識を叔母にすり込まれたせいで、その姿を簡潔な表現に留めることすら満足にできないのである。私の認識はここにきて変調をきたしてきたようだ。叔母は明らかに私が書くことを妨げようとしている。叔母は一切書かなかった。もしくはそれを見せなかった。死してなお、それは見つからなかった。今でも、あらゆる郵便受けをのぞく時、叔母からの手紙が入っているのではないかとひやひやするのだが、少なくとも私は、書かない者のまなざしを忘れて書くことなどできないのだ)。

時間を空けて三度目に振り返った時、先生が一人、坂を下っているのが見えた。ちょうど子供が、操り人形の足を律儀につけながらだんだん下におろしていくような危なっかしい動きだった。

「トイレだって」

戻った私に向けられたのは、女の不機嫌と男の仏頂面だった。私はそれぞれと顔を見合わせ、それからとってつけたみたいに首をかしげてみせた。

「どうしよう」と道中あかりの顔には嫌悪と不安の色が滲んでいる。

「何が?」と野津田慎吾が怪訝な顔つきで言った。「真っ昼間の公園でナニしてるって?」先ほど二人が何を話していたかは知る由もないが、何もなかったということはないらしい。

「したくなるもんなの?」道中あかりの声も挑発するように響く。

「したくなったところでするかしないかだろ」

「じゃあ、したくはなるんだ?」

「とりあえず、私たちも下りない?」と私は提案した。

野芥子《のげし》の花を踏まないように二人の間に入って野原を下り、少し離れたベンチのあたりで二人を待った。道中あかりはベンチに座って、いかにも気分悪そうにトイレを見つめていた。そこはとてもひっそりしていた。二人が一つ屋根の下でそれぞれの事情でそれぞれの下着を膝までおろしていることが私たちの争点になるなら、周囲でカラスが鳴き始めたことに気を取られるのも無理はなかった。カラスの方の事情は計りかねるが、きっかけとしては、一羽がギャアと大声で鳴いたのである。

見れば、二羽のカラスが大きな声を上げて互いに飛びかかっている。そのうち周りの数羽がぴょんぴょんはねてきて、はやすように盛んに鳴き始めた。その声につられて、みるみるうちに公園中のカラスが集まってきた。

「ちょっと、どうしたの」と道中あかりは不安げに言った。「こわいこわい」

こんなに抜けのいい場所だというのに鳴き声は重なって反響し、いつの間にか強くなった風が聴覚を乱暴に遮ろうとしてもおかまいなしで耳に迫った。見上げれば、葉を落とした大きなケヤキに鳥影が、黒々とした実のようにいくつもなっている。一つ一つが興奮気味に口を開けると、青空を透かした小さな亀裂がそこかしこに電気のように走って見えた。

私たちに限らず、広場にいる誰しもが、何が起こったのかと身体を固めていた。それを破ったのは、小川で遊んでいる子供の一人が、油断している友人へ向けて思いきり飛ばした水音と、同時に上げられた悲鳴に近い声だった。馬鹿らしいことに、驚いて見た私の目端に、勢いよく川を飛び出した白い飛沫が中空に止まって見え、びりついたような気がしたものだ。

私はトイレから出てくる間村季那を見逃した。気づいた時には、カラスの大騒ぎに目を奪われながらゆっくりと歩いてくるところだった。道中あかりがベンチを立って、今にもバスタオルを肩にかけてやりそうな具合で出迎えたものだから、間村季那はデニムのお尻の辺りで手をふきながら、目を大きく開いた。

「どうしたの？」と間村季那は、道中あかりではなく、野津田慎吾に言った。

「先生がトイレに行ったんだよ」

彼の低い声はカラスの声にかき消されて、間村季那は「え？」と眉を持ち上げて顔を傾けた。

「先生がトイレに！」と道中あかりが口に手を添えて金切り声を出した。「間村のすぐ後に入って、まだ出て来ないの！」

間村季那は声から逃れるようにトイレを振り返ったが、それよりカラスの大騒ぎの方が気にかかるようで、すぐに向き直って遠く目を細めた。

「そう、なんかカラスも急に鳴き始めて……」

「それとこれとは関係ないだろ」

「なんか――」と道中あかりは声を潜めて言った。「隣から妙な物音とかしなかった？」

「いくらなんでも」と間村季那は一笑に付した。そしていったん引いた笑いを再び呼び戻しながら、いくぶん挑発的に訊いた。「妙な物音って？」

「それは、ずっと続く掠れた音とか……」道中あかりは結構すごいことを真面目に言いながら、少し開いて中空に置いている手まで、せっせと上下に動かしかねない感じだった。

「さすがに外ではしないいんじゃない？」

「でも、ムラムラしたらどこでも一緒でしょ？」

「なんで俺に訊くんだよ」

「だってさっき」

「わかんないわかんない」

　野津田慎吾がまったくいつもの笑顔で言うのが道中あかりには気に食わないだろうと考えつつ、私はバードサンクチュアリでの出来事をかなりまざまざと思い出していた。それでこの会話に鞭を入れることもできたはずだが、何がどう進行すれば、今はカラスの連中を注視しながら手の甲の水滴をデニムに吸わせているとびきり美人のご機嫌を斜めにしなくてすむのかがわからなかった。ただし、その顔と肢体を見るにつけ、准教授のささやかな蛮行の証明に一役買いたいという気持ちが、その結果がもたらす彼女の表情という未だ存在しない方面から、小さな波のように私の胸を騒がせないわけではなかった。

カラスがひときわ騒いで会話が止まった。

あのさ、と私が声に出しかけた時、先生がトイレから出てきた。私がそれを見つけたのだ。響きの足りない声は、「あ」という間抜けな音に断ち切られて、みんなの目をそちらに向けた。歩いてくる先生を見て、誰もが疲れてしまったかのように俯いた。カラスは延々鳴いていた。

その後、大学に戻るという先生と別れてから駅に向かう途中の信号待ちで、道中あかりは、先生の靴の先に精子がついていたと恨むように言った。

私はその三億はくだらないものに気づかなかったので、本当に驚かされた。自分には狂言回しとしての能力が欠けているかもしれないという考えと、いや欠けてなどいないという自負から即座に生まれた、彼女は嘘をついているに違いないという考えがせめぎ合いかけた時、判定は迅速に下った。

「べっ」破裂から生まれた促音は長い無音の尾を持っていた。「とり、ついてたね」間村季那は赤信号から目を離さないでいた。

翌週、ゼミに変わったことはなかった。あるとすれば、先生の靴に精液の、拭き取られもせずそのまま乾いたような沁みが残っていたことぐらいだが、それで道中あかりが態度を激化させることも不思議となかった。

困難に見えるこの状況でも、私の授業への集中は増すばかりだった。靴についた精液に心乱される自分を考えなかったわけではない。「さんざ偉そうに語っておきながら、世界についた精液の沁み一つでご破算になるものなのですか、あなたの文学とやらは」という追及に「然り」と答え「私はうら若い二十歳の時にそれを実際に体験してしまったのです」と付け加えることに憧れないわけでもない。しかし、どうもそれをする気になれない私の答えは「さて」である。

「ハプワース」の時、フラニーはまだ生まれていないが、「読書の素人」の役割を与えられている人物は登場している。それは弟や妹ではなく、父親のレスだ。シーモアはレスに、自分たちが「ありふれた男の子たち、おそらくはあなた自身の子供時代の男の子たち」のようでないからといって、「気にしたり、憂鬱になったりしないように極力努めてほしい」と書いている。

レス、このチャンスが続いているうちに、そして夕食を知らせるあの忌々しいラッパが鳴って、あたりが騒々しくならないうちに、あなたの上の二人の息子のために、もうひとつだけ最後のお願いをきいてほしい。絶対に簡単にすませるから。もしぼくの文章構成がこの先ぶっきらぼうで言葉が足りない、全体の印象として冷淡とか冷やかという感じがしたら、それはただ、ぼくがあなたにもう随分時間をとらせたと思っているからだということをわかってほしい。ぼくは今、あなたの神経をこれ以上疲れさせたりズタズタにしたりしないよう一生懸命なんだ。

「最後のお願い」というのはキャンプ地へ本を送ってもらうことだ。シーモアは、わざわざ「読書の素人」を名指しして、さらに簡潔に書くからと宣言した上で、本を無心するのである。小説の中では、それをオーヴァーマン女史に伝えてくれというお願いの形をとっている。

また、自分の文章構成への言及は、本性では比喩の入り組んだ美辞麗句を書きたがるフローベールが『ボヴァリー』を努めて簡潔な言葉で書いたことを想起させるものだ。実際、この問題については「シーモア—序章—」で、バディの小説を読んだシーモアの短評の中で言及されてもいる。

今夜のぼくは、すべて「すぐれた」文学的助言とはまさにルイ・ブイエやマクス・デュ・カンがフローベールに、マダム・ボヴァリーを押しつけようとしたことだだと確信している。実際そのとおりで、この二人は優雅な趣味をもち、力を合わせ、彼に傑作を書かせたのだ。彼らは彼が心情を書きつくす機会を潰《つぶ》してしまったのだ。彼は名士のように死んだが、実際はそんなものでなかった。彼の手紙は読むに耐えないものだ。本来あるべきよりも、ずっといいものになっている。書かれていることは無駄、無駄、無駄なのだ。ぼくは胸がはりさけそうだ。なつかしきバディよ、今夜は陳腐なこと以外、何を言うのも恐ろしい気がする。結果はどうあれ、どうかおまえ自身の感情にしたがってくれ。

シーモアはここで、傑作を書くことを無条件に良しとしているわけではない。シーモアからすれば、フローベールは『ボヴァリー』執筆にあたって「心情を書きつくす機会を潰」され、簡潔に書くことを強いられ、その結果、「傑作」をものしたという人物だ。

おそらく、この手紙は「フラニー」でレーンがAをもらったとフラニーに語り、彼女を苛立たせることになったレポートの主題（フローベールにおける「睾丸性」の欠如）の答え合わせになっている。つまり、フローベールがコレに宛てた手紙は、前述したように性的な比喩が数多く見つかる「読むに耐えない」もので、訳文からはわかりづらいが、シーモアはそれを好意的に捉えている。レーンも、そのレポートにAをつけた教授も、フローベールの手紙を読んでいないという事実に、フラニーは気づいてしまうのである。当然、「ハプワース」のリストにもフローベールは入っているし、「どんな有名な改革家もその心の底にはもっと食糧を、もっと豊かな暮らしとを求める欲望から大接戦を挑みながら、必ず貴族性にたいする個人的な羨望、嫉妬、欲望を巧妙な新しい仮面の下に隠しているはずだ」というコメントもつけられている。

だから、フローベールと同じジレンマをサリンジャーは「ハプワース」で味わうことになった。正確に言えば、シーモアがかつて通った道として、サリンジャーとして味わうのだ。つまり、心情を書きつくせば、芸術的消費によって文章はたちまち簡潔さを失い、「読書の素人」がついてこられなくなる。一方で、フローベールが「読むに耐えない」手紙を恋人に送ったように、心情を書きつくすことは、それに時間をかけることは、無駄を重ねることは、比喩をのさばらせることは、単純に対象物への「愛」なのだ。

愛を目減りさせるわけにはいかないのに、その愛に寄りかかっては、伝わるものも伝わらない。シーモアは、サリンジャーは、その狭間で書いている。

「ハプワース」にてシーモアとともにキャンプ地にいる次男のバディは、後に作家となり、自分の家族にまつわる小説「フラニー」「大工よ」「ズーイ」「シーモア―序章―」などを書くことになる（もちろん実際の作者はサリンジャーだ）。シーモアはバディという「書き手」について、「ハプワース」の手紙の中でもたびたび言及し、その中には彼の将来に対するかなり微に入り細を穿った正確すぎる予言もある。あまつさえ、シーモアは「バナナフィッシュにうってつけの日」に描かれる自分の死さえ正しく「ぼく個人は少なくとも手入れの行き届いた電信柱くらい、つまり三十年も生きることになるだろう」と予言しているのだ。それは言ってしまえば、サリンジャーにしか知り得ないことであり、これをあまりにも都合がよすぎると非難する向きもある。が、ここまでをこの道筋でやってきた今、そちらへ曲がるわけにはいかない。

つまり、私は大きな確信と読者への信頼を頼りにこういうことを言い放ってみたいのだが、実際、すばらしいバディを書こうという時、作者とはシーモアであり、わが読者とはサリンジャーのことなのである。

では、彼らは書くという行為についてどんな見解を持っているのだろうか。手紙の最後、別れの言葉を書いたあとの追伸でシーモアは、バディが小説を書くために使う用箋を送ってもらいたいという頼みに次いでこんなことを書く。

彼が物語を書くのに罫線のある用箋を送らないこともだけど、タマネギの皮みたいに薄っぺらな紙のやつも絶対だめだよ。だって、そんなのはバンガローの戸外用のごみ箱に捨てちゃうだけだもの。これは無駄使いだと言えば確かにそうだけど、この微妙な問題は余り立ち入らないでくれないかな。ぼくには気にならない無駄使いもあるんだけど、ちょっとそうは言いにくいしね。事実、ある種の無駄使いはぼくには骨の髄までゾクゾクするような気がするほどなんだ。心に留めておいた方がいいと思うけど、それは涙と笑いと、それを補う人間の愛、情愛、やさしさのあふれるこの麗しい谷間から、栄誉をもって幸福に彼を完全に解放してくれる、文筆用具にたいする堂々たる傾倒のせいだということはぼくが保証するよ。

シーモアがバディの文筆用具にたいする傾倒に託して語るのは、書く行為の内実だ。現象界にあるほとんどの出来事は「涙と笑い」と「愛」に振り分けられて追懐されてきたと言っても大袈裟ではないが、書く行為は、書くという体験は、むしろそれらがあふれる現象界からの解放だとシーモアは書くのである。

その解放を読者に体験させ、作者がいるところへ進んでいくための読書リストを付した小説が「ハプワース」だといえる。サリンジャーは、禅師が弟子にするように、「読書の素人」を「完全な同感者」という大悟へ導こうとしたのである。

ここまで考えてきて、私は、ナボコフがアップダイクとともにサリンジャーを「近年における群を抜いて優れた二人の芸術家」と評していたことが良くわかる気がするのだ。ナボコフは大学での文学講義の結びにこんな文章をあてている。

わたしが願ったことは、小説を読むのは作中人物になりきりたいというような子供じみた目的のためでも、生きる術を学びとりたいというような青二才めいた目的のためでも、また一般論にうつつをぬかす学者然とした目的のためでもない、そういう良き読者にきみたちをつくりたいということだった。小説を読むのはひとえにその形式、その想像力《ヴイジヨン》、その芸術のためなのだと、わたしは教えてきたのである。きみたちが芸術的な喜びの戦慄を感じ、作中の人物たちの感情ではなしに、作者そのものの感情——つまり創造の喜びと困難とを分かちもつようにと、そう教えてきたのである。

こうした、東洋思想的な教育は実に難しいものだ。

夏目漱石は『禅門法語集』に、禅について「要スルニ非常ニ疑深キ性質ニ生レタル者ニアラネバ悟レヌ者トアキラメルヨリ致方ナシ」、公案について「珍分漢の囈言《うわごと》」と書きこみを残している。一方で、二葉亭四迷は「私は何も仏を信じてる訳じゃないが、禅で悟を開くとか、見性成仏とかいった趣きが心の中には有る」と書いた。禅においては、その「囈言」について執拗に考え続ける「懐疑派」の中にたった一人でも、悟りを開き、後世に伝える人間がいれば、それで何の問題もない。無論、その悟りは師にも確かめることができない。彼らは互いに「あれはさうですね」と言う必要すらない「完全な同感者」だというだけである。

それゆえ、――「シーモア―序章―」でバディに禅だけでなく大乗仏教の講義もさせるような――疑い深いサリンジャーの試みが、「ハプワース」で奏功したかは定かではない。まして、極めて個人的つまり禅的に書かれるものである小説が大乗仏教のように流布され、あまつさえ「悪人正機」のように犯罪を後押しする痛ましい出来事すら、サリンジャーは体験することになるのだった。

「ハプワース」はサリンジャーの作品の中で最もひどい評価がつけられた。「読書の素人」でもなく「完全な同感者」にもなりえない人々は、読者を啓蒙しようとする愚かなサリンジャーの姿を、本人の試みとは正反対に、小説の中にはっきりと見てとった。現実において隠遁したサリンジャーになんとか会おう、なんとか写真を撮ってやろうと目論んだように読めば、いとも簡単に、説教臭いサリンジャーは見つかるのだ。サリンジャーがそれも承知の上で作中に「ぼくらがこの人生を終えるまでは、ぼくらの素顔がほんの少しでも地平線上に現われるのを見ただけで、ぼくらにたいして激しく燃えたぎる敵意を示す連中が数限りなく現われるだろう」と書いていても関係がない。「いいかい、ぼくらの特異な、そして時には不快な人格とは関わりなく、ただ顔を見ただけでもなんだよ！　ぼくは短い生涯のなかでこのことを何百回となく体験して、びっくり仰天してきたものだ。」

それでも書き手は最後、「再び、バンガロー七号のあなたたちを愛する二人の無気味な厄介者より五万回のキスを。」と手紙を結んでいる。それがサリンジャー自身が小説として公に残した最後の言葉となった。

しかしサリンジャーは、九〇年代になって、ごく小さな出版社から「ハプワース」を本として「わが読者」宛てに残しておく、ささやかな努力を試みた。提案の手紙がタイプされたものであったことが――戦時中に軍から支給されたタイプライターを戦後もわざわざ購入して生涯使い続けたという――サリンジャーの心を動かしたというが、とにかく彼は動きだしたのだ。満足いかない自作の出版を頑なに拒否してきたことに鑑みれば、「ハプワース」が満足いく作品であることを示す証拠と考えてよい。多くの人間にとって「珍分漢の囈言」であろうとも、然るべき誰かに届くはずだと考えていたのである。

しかし、その出版の噂を知った批評家は再び反感の声を上げた。中でも、ミチコ・

カクタニのコラムが与えた影響は大きかったはずだ。なぜなら、これまで見てきたようにサリンジャーが書く上で不可避となる問題を排除すべく、おそらくは必然的に、作品に凝らした様々が、そこでは検討の余地なく全て欠点として列挙されていたからだ。

サリンジャー氏はこの作品で、彼が克服しようと取り組んでいるはずのからかいの種を、批評家たちの望むままに与えてしまっているように思われる。若い登場人物しか書けないと非難されて、不機嫌な老人のような七歳の語り手を我々に与えてくれた。決して性愛の問題に取り組まないと非難されて、卑猥《ひわい》な大人のように喋《しゃべ》る幼い男の子を与えてくれた。登場人物たちに過剰な愛情を注ぎすぎていることを非難されて、深い嫌悪感を起こさせる主人公を与えてくれた。そして、魅力が表面的に過ぎることを非難されて、脱線とナルシスティックな挿話とばかばかしく荒唐無稽《むけい》な婉曲《えんきょく》表現に満ちた、ほとんど読み手を寄せつけない語りを与えてくれた。

これが直接の原因かはわからないが、刊行は取り下げられた。

しかしどういうわけか日本ではこの作品が翻訳・出版され、容易に読める状況にある。どんなに皆さんが退屈であろうと、悲しいかなここは、私がこんな「独り角力」を書きたてるのに最もふさわしい国であることは間違いがないのである。

サリンジャーはその後、死ぬまで作品を発表しなかった。「完全な同感者」など求めない。その姿勢を貫き、小説家として完全に沈黙した。それでも彼は書き続けていたと言われている。

先生が席を立って出て行くと、沈黙が流れた。

「あたしも」間村季那も席を立った。

「あたしも？」道中あかりがはっと笑った。「先生はおしっこじゃないよ」

間村季那は尖った肩越しに微笑んで相手を見下ろした。

「あたしもおしっこじゃなかったりして？」言ってすぐ、更にぞっとするような笑いを浮かべてつけ加えた。「公園のことだって、先生と口裏合わせて壁越しに楽しんでただけだったりして」

道中あかりは唖然として、それから弾劾を託す猛々しい目を、間にいる私に向けた。

私はそれをわかりつつ、間村季那から視線を外さぬように努めた。不吉な空気をかいだ時はひたすら息を潜めることを長年の習慣としてきたもので、その目つきと、間村季那が口にした悦ばしい場面を前にしてなお、私はその茂みから表情を飛び出させずにいることができた。

しかし誰もがそうできるはずもない。野津田慎吾は生真面目かつ爛々たる顔をしていた。ただ一人、自由に身体を動かしていた道中あかりもそれを認めた。彼女はそこから目を背けるようにまた向き直り、間村季那を睨んだ。今にも我を忘れようとしている彼女の目は熱く血走っていた。

「変なこと言わないで」喋り始めに頭を振り上げ、それから一語一語、語尾を叩きつけるように言った。「余裕ぶって。からかって」

「してるんだったら、それでいいじゃない」

「よくない」と道中あかりは声を荒らげた。

「どうして？」

「授業中に抜け出して一人でオナニーしてる先生なんてキモいに決まってるでしょ。

気になって授業に集中できないだろ」

「してるかどうかなんてわからないでしょ!?」道中あかりは凄い勢いで振り向いた。すぐ戻ってきた顔には、自分を律しようとする努力がうかがえた。「だいたい、アレが靴についてんの見たでしょ? 今さら何言ってんの?」

「あたしが確かめてこようか?」と間村季那は挑発するように言った。テーブルに手をついて前かがみになると、表情が変わっていた。今日は化粧をほとんどしていなかった。「いっつもしてたんですよね。もしそうなら、今日はあたしがお手伝いしましょうか? もちろんみんなには内緒です」

瞬きも鮮やかなその目と、わずかにたゆんだTシャツの胸元は、道中あかりを抜けて奥まで誤配されていたのだろう。予期せぬ宛先の方では男らしい生唾が飲まれ、張り詰めた空気の中に硬い音が響いた。

さすがの道中あかりも、再び振り向く勇気はないようだった。

「俺もトイレ」と野津田慎吾は席を立った。「なんか、空気悪いし」

「え?」道中あかりは椅子を軋らせて驚いたが、顔を見るには首の動きが九十度ほど足りなかった。「でも、あいつが――」

「別の階に行く」と彼はむっとして言った。「いちいちつっかからないでいいだろ」

「つっかかってないよ！」

痛いほど気持のこもった弁明は相手を疎ませるだけだったらしい。野津田慎吾は顔色を変えずに出て行き、道中あかりはぱっと瞳をうるませて、それを見送った。

「誰につっかかったのよ」と彼女はドアに向かってつぶやいた。そして、間村季那にとげとげしい視線を戻した。「なに、先生のこと、好きなの？」その声は、どこもかしこも力のこもった雑多な感情に満ちて震えていた。

しかし、この発言が持つ突飛さは、まるっきり悪あがきというものでもなかった。間村季那はこの時、私が知る限りでは最も長い考える時間を取った。

「好きっていうか」と間村季那は言った。「あたしはこのゼミ、第一志望なの」

「ほら！」と鬼の首でも取ったような声だった。「やっぱり好きなんじゃん」

「どうして？」

「こんなクソつまんない不人気ゼミにわざわざ入るなんて」と精一杯に顔が歪められた。「それ以外に考えられないでしょ。変わってるよね。そんで、みんなそういうとこがいいんだろうね。それってすごく腹が立つよ」

最後の言葉は妙に悲しげに響いて、私はなぜだか泣きそうになった。彼女は鼻で大きく息を吸いこみ、窮屈な気道を無理に通り抜ける震えた音は、教室の隅々まで届くような気がした。

「あかりちゃんは、サリンジャーには腹が立つ？」

「わけわかんないこと言わないでくれる？」と眉をひそめてから、彼女は急に吠えた犬のように息の足りない、こもった怒鳴り声で「立つよ！」と言った。そして『サリンジャー』の谷間に握り拳を乱暴に叩きつけた。「こんな高い本買わされて！」

その声は確かに私を揺さぶった。内心、サリンジャーに腹が立つかという水を向けられることを恐怖していたのだが、それよりもよほど目を覚まされる思いだった。彼女にとって、サリンジャーはただの人間なのだ。

「さて」と間村季那は穏やかな顔で言った。「そろそろ行っていい？　あたし、すっごいおしっこ近くて」

「勝手にさっさと行けばいいでしょ！」

間村季那はただ単に用を済ませたいというような他意のない早足で出て行った。

「何あれ？」道中あかりは剝き出しにした敵意をしまうことなく私に言った。

私はもはや彼女がそんな顔ができることには驚かなかった。「どうしたんだろうね」と中立を崩さず言った。

「阿佐美ちゃんはこのゼミ、意味あると思う？　こんな、趣味に付き合わされるようなさ」

「私、将来とかあんまり考えてないから」

「卒論の書き方とか、まともに教えてくれる気がしないんだけど。就活とか不安でたまんないよ。しかも、かわいい子を目に焼き付けてオナニーしてんだよ？　最悪じゃん？」

「そうだね」

「なに、あっちの味方なの？」素っ気ない返事が気に食わなかったのだろう、彼女は言った。「あっちの方が美人だから？　友だちとして価値があるから？」

そういうこともあるかもね。危うく口に出しそうになるのをこらえて、私は自分の言葉に傷ついていく彼女を見ていた。

「二人なら、絶対もっといいゼミ入れたと思うんだよね。なぜかというと二人ともすごい美人だから」急に早口な説明になり、冷静になろうと努めているらしいことはうかがえたが、不揃いと言えるぐらいには伸びてきていた前髪の下に広がる顔は大いにゆがんでいた。「そういう子はみんな、希望のとこに入れてたよ。あたしみたいに二回も選考落ちなかった。どんなバカでもそう。なのに、なんであなた達二人みたいなのがさ、わざわざこんなとこに来ちゃうわけ？」と彼女はいよいよ泣く寸前で言った。「私の欲しいものは、いっつも、何にも手に入らないよ」

同じだよと私は言いそうになった。彼女の発言は、この数年前に私が叔母にぶつけたものにそっくりだった。しかし、私が叔母のように立ち回り、言葉をかけられるはずもない。野津田慎吾はゼミ選考で傷ついたこの子に優しくしてやったのだろう。あんな男のどこがいいのだろう。そんな悪態が、打ち消されながら頭にあった。

「しかもあなた達って、なんでずっと全部くだらないみたいな態度を取るの」

痛いところを突いたのにも気づかず、道中あかりは唇をかんでそっぽを向いて、体を揺らして座り直した。しばらく部屋は静かになった。

「ていうかちがう、わかった、取らないんだ。そうやって何にも言わない。何とも思ってないからお好きにどうぞって顔してる。できるよね、綺麗な顔だもん。それで人が惨めになっても知らん顔で、そこにいるだけ。美人に生まれてよかったね。いるだけで傷つけるのに、そんなの見間違いだってこっちのせいにできて、しかもきっと頭が良くて、こんなわけわかんないでっかい本もちゃんと読めて、そんな美人に生まれてすごくよかったよね」

甘い香りをただよわせながらいかにも迷惑そうな物言いをするこれで二十歳の女に、思うところがないわけでもなかった。今、私が言葉を発する時に構えさせるような人間はここにいない。だから別に、血気盛んな頃したように、鬱憤《うっぷん》を晴らすべく彼女の更生を促してもくよくよすることはなかっただろう。これを検討するために私は視線を落とした。正確には、立ち上がる時に用いる言葉があるとして、それを検討するために。

多くの場合で、私たちが本を顔の下に置き、目線を下げて文字を拾っていくのは、この上なく心持ちに適った行動であると言わざるを得ない。光を友とする場合、私たちはなけなしの灯を用い、あるいは太陽の強い光を我が身で遮り、うつむきがちに文字と向き合ってきた（私は、電子書籍がある特定の人たちを倦ませる原因は、文字の書かれている面が自ら光らんとしくさるその一点に存すると主張する少数派の急先鋒であるのだ）。

はたしてこの時、天井には真新しいＬＥＤ灯が、手元には『サリンジャー』と『ハプワース』が開かれていた。右に置かれている方に、娘の伝える言葉があった。

父は折に触れて同じことばかり言っていたわ。本当に尊敬しているのは死んだ人ばかりだって。

私はわかりかけた。何を？　それを。だから黙って動きもせず、考えを進めた。

「大学ってもっと楽しいと思ってた」

すでに散らばってしまった誰かの熱は二度と集まることがない。自分が今まさに感じている熱を、それと同じ熱だと信じようとすることは、つまり「完全な同感者」であろうとすることは、絶えざる自己の探究に没頭することであり、対象との隔絶を意識せざるを得ず、すなわち絶望である。しかしその絶望は、絶えざる探究が本当に行われていると心から信じられるような瞬間に感じる無限性ゆえに、またその探究に用いた言葉の独立性のなさゆえに、よほど希望に似てくる。だから、それは絶望ですらない。叔母は私を、そこへ立たせておくつもりなのだ。

ちょんの間の後、最初に戻ってきたのは間村季那だった。ほとんど音なく、何事もなかったかのように元いた席に座っても、私は俯いた顔を動かしもせず、そのままでいた。

「どう？　先生、イけた？」と道中あかりが私越しに話しかけた。もはや破れかぶれになっているのか、それを自ら鼻で笑う音が聞こえた。

「阿佐美ちゃん、ごめん」と間村季那は私に言った。「席代わるよ」

その目は有無を言わさぬものだった。私は黙って立ち上がり、並んだ椅子の後ろに抜けた。間村季那はそのまま私の座っていた席にずれて、私は立ったまま、今は自分の席に置いてある間村季那の本を見下ろした。それとも、間村季那は既に本を取り替えていただろうか？　私の目に、『ハプワース』の文字はぼんやりしたインクの染みに還っていた。それが単なるインクの染みだとしても、サリンジャーがそれをそのようにつけたということによって、文字としてではなく、そのようなインクの染みとして意味をわかるようなこと……そんなことを確かめたくて瞬きをしたそばからインクの染みは文字として蝟集《いしゅう》し、意味と形を成して整列を始める。この自然と生成された整列能力こそが「完全な同感者」の生存を絶望的にさせる元凶なのだ。自分の好きなように文字を整列させ、崩れて見えればその都度正す。終わりも知らされず、成果も一般には見えづらく、そのくせやらなければ退屈でしょうがないというこの作業は、ちょうど反アパルトヘイトの囚人が自らの収容されている刑務所を建て直すために石を切り出していたようなものだ。彼らは快適な刑務所ができた時、それを喜んだというではないか。

そんな希望と絶望の狭間で書き続けた人間が用いる「尊敬」という言葉は、刑期を無事に務めた者に対するねぎらいに似てくるが、相手の存命中にかけられることがありえなかった分、切実である。「尊敬」が胸に迫る時、思い知るのは孤独なのだから。

当時の私は今よりもっと足りない頭でそれをわかりかけながら、なおサリンジャーのことではなく、亡くなったばかりの叔母について考えていたようだ。というのも、私の目は『ハプワース』ではなく、その著者の同感者になれなかった者たちの言葉にあふれた『サリンジャー』に再び向けられていた。私はその文章を読んだわけではなかった。その文章がそこにあることを知り、頭にもその文章があった。つまり、書いた。

父は折に触れて同じことばかり言っていたわ。本当に尊敬しているのは死んだ人ばかりだって。

瞬間、濡れたような高い音が部屋に響き渡って、私は赤子のように身を縮めた。音の余韻の一瞬で思考はあっけなく溶け出し、私の顔はまったく自然に音の方へ向いた。

間村季那は、私に背を向け、左の平手を中空に置いていた。

その前にある顔には、事態を呑み込めない虚ろな表情が浮かんでいた。頬に手をやってゆっくり離すその手に、その頬に、光のこびりついたような粘液がある。言葉にならない怯えが、その口と鼻から音を立てはじめる。腰かけたまま体を揺すぶると、暴れる顎のふくらみに、白く濁った大きなかたまりが、歪に太ってぶら下がり、不規則な揺れの中でふいに持ち上がり、頬っぺたにひっついた。

「冷たい」

私のつぶやきが道中あかりの叫びに分かたれた瞬間、私は我に返った。全てがいたのは、全てがあったのは、全てが書かれたのはそこだったという確信が今、私の中にあった。しかしまたそのすぐ今、それはもうないのだ。それがないのに、他があるはずがないというように、他の一切もない。今、これを書きながら、私は悟りを得たのである。それは我に返るまでのほんのひと時だった。

間村季那の左手はもう下がっていた。手は何者かの精液に汚れ、薬指の凹みには巻きつくように溜まっていた。それは細かく震えていた。道中あかりは真っ赤な目で床にうずくまっている。そこへいつの間にか、野津田慎吾がしゃがみこんで寄り添いながら間村季那を見上げていた。彼は大きく肩で息をしていた。

私は今、彼女を助けなければと初めて思った。しかし、意気地はその横顔の美しさに突かれるだけで、いとも簡単にしぼんでしまうのだった。美しいということは素晴らしく、素晴らしいということは狂おしい。彼女の恵まれた美しさは、今や私に、それでも彼女は叔母ほどではないと思わせる世にもつまらない要因であった。先生と私は彼女の存在に――それぞれがもって生まれた性の観点からではあったにせよ――揃って敗北し、身を引いたのだ。その敗北は、例えば「頭を絶えず手淫して文章を射精させる」という文が、この現実なしには書かれることすら不可能であったというところから始まっていたのである。現象界からの解放と言いながら、その文を書きつける時は必ず、トイレにこもる先生、凹みのある指を男性器にすべらせる間村季那、性の一人遊びを覚えた男子中学生にさえ依存しているということ。自立しない言葉の整列の不徹底、自己欺瞞、馬鹿らしさに耐えられないなら、「きれいさっぱりと文学なんかおっぽり出して、もう何も書か」ないか、その軋轢を生んでいる現実のめくるめく体験から退却するほかはない。間村季那の美しさが書くこと以上に鮮烈な体験でなかったら、先生は失踪せずに済んだのである。

　どこで終えるにしろ、文章の理想的な終わり方があるとすれば——休学した私のその後とか、ばらばらのゼミに編入した彼らの就職先とか、間村季那が教授や准教授や臨時講師のお歴々の射精と引き換えに単位をもらっていた事実とかと無関係に——私が体験したあの瞬間に似たものになるはずだ。読み手の目に文字は束の間インクの染みに還り、それでもはっきりとわかり、口はまるで「あれはさうですね」とつぶやくように少し開いている（この言葉をつぶやくのに唇を閉じる必要はないのだ）。この瞬間、人は書いている。あんなに無尽蔵な全ての言葉をもってしても言い尽くせるはずがなかった心情を、言葉全体が無用だと感じながら、その言葉以外を必要とすることなく書いていいるのだ。そこで一切を終わりにできれば、なんと幸福で、なんと退屈なことだろう。

ある禅僧は、悟りを得た後で何をしたかと問われ、一杯の茶を所望したと答えた。その味わいが口をしめらせ、再び開かせ、釈迦の「完全な同感者」たる己を拒む言葉というものをありありと蘇らせるとしても、何も恐れることはなかったのは、悟りにい、供えるように所望されて自ら飲まれる一杯の茶が、あらゆる感情と分別に身を任せる道への出発点となる一服だからである。

私の叔母もまた、一杯の茶を飲み終えた人物であった。

だから本当は私だって、あの瞬間に、一切をやめてしまえばよかったのだ。こうして残された文章は、書くという生々しい体験の天地を入れ替えてこしらえた、生気の抜けたドライフラワーにすぎない。その全てを焼き捨て、あの悟りを綺麗さっぱり世界に還すことができたなら、私は今も叔母とともにいたはずだ。

しかし、こうして文章だけが残り、残ればそれはもう違う。書けば過つとでも言いたげな叔母を尊敬しながら、私はどうしても書かないではいられない未熟者なのだ。それだって、あらゆる体験を反古にして集めたこの乾いた花束を未練がましく供え続けたいと思わせる叔母のせいだと、私としては言いたいところなのだけれど。

参考・引用文献

（旧字は新字に、旧かな遣いは一部新かな遣いに改めました。頁数は引用箇所）

本物の読書家

・柄谷行人『近代文学の終り　柄谷行人の現在』インスクリプト、二〇〇五年（一七六頁）

・フランツ・カフカ『決定版　カフカ全集9』吉田仙太郎訳、新潮社、一九九二年（二五頁）

・ギュスターヴ・フローベール『フローベール全集9』山田𣝣／斎藤昌三／蓮實重彦／土居寛之訳、筑摩書房、一九六八年（一九九頁）

・シャーウッド・アンダソン『黒い笑い』斎藤光訳、八潮出版社、一九六四年（二九―三〇、三三―三六、四〇、四二頁）

・ウィリアム・フォークナー『エミリーに薔薇を』高橋正雄訳、福武文庫、一九八八年（九七―九八頁）

・太宰治『太宰治全集10』ちくま文庫、一九八九年（四〇三、四三一頁）

・志賀直哉『志賀直哉対話集』大和書房、一九六九年（六一頁）
・デイヴィッド・シールズ／シェーン・サレルノ『サリンジャー』坪野圭介／樋口武志訳、角川書店、二〇一五年（二七二、二七九―二八〇、二九一、二九七頁）
・J・D・サリンジャー『ナイン・ストーリーズ』柴田元幸訳、ヴィレッジブックス、二〇一二年（一三九―一四〇頁）
・J・D・サリンジャー『大工よ、屋根の梁を高く上げよ／シーモア―序章―』野崎孝／井上謙治訳、新潮文庫、一九八〇年（二一七―二一八頁）
・川端康成『川端康成全集第二巻』新潮社、一九八〇年（一三三―一三四頁）
・川端康成『川端康成全集第八巻』新潮社、一九八一年（五四七、五四九頁）
・松本清張『芥川賞全集第五巻』文藝春秋、一九八二年（四六頁）
・ウラジーミル・ナボコフ『ナボコフの文学講義　上』野島秀勝訳、河出文庫、二〇一三年（六一―六二頁）
・フランツ・カフカ『決定版　カフカ全集3』飛鷹節訳、新潮社、一九九二年（一九〇頁）
・マーク・トウェイン『赤道に沿って　上』飯塚英一訳、彩流社、一九九九年（一四

九―一五〇頁）

未熟な同感者

・ギュスターヴ・フローベール『フローベール全集9』山田𣝣／斎藤昌三／蓮實重彦／土居寛之訳、筑摩書房、一九六八年（三二二頁）

・宮澤賢治『〈新〉校本 宮澤賢治全集 第十五巻』筑摩書房、一九九五年（三八九、四〇六頁）

・デイヴィッド・シールズ／シェーン・サレルノ『サリンジャー』坪野圭介／樋口武志訳、角川書店、二〇一五年（三五、三七、一五〇、一五八、一六〇、一七五、一七八―一七九、一八一、一八八、一九二―一九三、一九五―一九六、二〇五―二〇八、二三三―二三六、六二四頁）

・二葉亭四迷『平凡・私は懐疑派だ』講談社文芸文庫、一九九七年（一六一―一六二、二四七―二四九、二五四頁）

・ローベルト・ヴァルザー『ローベルト・ヴァルザー作品集4』新本史斉／フランツ・ヒンターエーダー＝エムデ訳、鳥影社、二〇一二年（三〇〇頁）

・保坂和志『試行錯誤に漂う』みすず書房、二〇一六年（三〇二頁）
・柄谷行人『言葉と悲劇』講談社学術文庫、一九九三年（三九二頁）
・J・D・サリンジャー『大工よ、屋根の梁を高く上げよ／シーモア―序章―』野崎孝／井上謙治訳、新潮文庫、一九八〇年（八―九、一五九―一六〇、二〇六―二〇七、二三一、二四九頁）
・J・D・サリンジャー『サリンジャー選集　別巻1　ハプワース16、一九二四』原田敬一訳、荒地出版社、一九七七年（七―八、一〇、五三―五四、八七―八八、一〇二、一二七、二〇〇―二〇一頁）
・夏目金之助『漱石全集　第十六巻』岩波書店、一九九五年（五〇頁）
・夏目金之助『漱石全集　第二十七巻』岩波書店、一九九七年（四一八頁）
・フランツ・カフカ『決定版　カフカ全集7』谷口茂訳、新潮社、一九八一年（三三一頁）
・『南方録』西山松之助校注、岩波文庫、一九八六年（三三―一三三頁）
・ウラジーミル・ナボコフ『ナボコフの文学講義　下』野島秀勝訳、河出文庫、二〇一三年（三九六頁）

本書は二〇一七年十一月、小社より単行本として刊行されました。

|著者| 乗代雄介　1986年、北海道江別市生まれ。法政大学社会学部メディア社会学科卒業。2015年『十七八より』で第58回群像新人文学賞を受賞し、デビュー。2018年『本物の読書家』(本書)で第40回野間文芸新人賞受賞。2021年『旅する練習』で第34回三島由紀夫賞受賞。その他の著書に『最高の任務』『ミック・エイヴォリーのアンダーパンツ』『皆のあらばしり』『パパイヤ・ママイヤ』がある。

本物《ほんもの》の読書家《どくしょか》
乗代雄介《のりしろゆうすけ》
© Yusuke Norishiro 2022

講談社文庫
定価はカバーに
表示してあります

2022年7月15日第1刷発行

発行者――鈴木章一
発行所――株式会社　講談社
東京都文京区音羽2-12-21　〒112-8001
電話　出版 (03) 5395-3510
　　　販売 (03) 5395-5817
　　　業務 (03) 5395-3615

Printed in Japan

デザイン―菊地信義
本文データ制作―講談社デジタル製作
印刷―――株式会社KPSプロダクツ
製本―――株式会社国宝社

落丁本・乱丁本は購入書店名を明記のうえ、小社業務あてにお送りください。送料は小社負担にてお取替えします。なお、この本の内容についてのお問い合わせは講談社文庫あてにお願いいたします。
本書のコピー、スキャン、デジタル化等の無断複製は著作権法上での例外を除き禁じられています。本書を代行業者等の第三者に依頼してスキャンやデジタル化することはたとえ個人や家庭内の利用でも著作権法違反です。

ISBN978-4-06-528595-4

講談社文庫刊行の辞

二十一世紀の到来を目睫に望みながら、われわれはいま、人類史上かつて例を見ない巨大な転換期をむかえようとしている。

　世界も、日本も、激動の予兆に対する期待とおののきを内に蔵して、未知の時代に歩み入ろうとしている。このときにあたり、創業の人野間清治の「ナショナル・エデュケイター」への志を現代に甦らせようと意図して、われわれはここに古今の文芸作品はいうまでもなく、ひろく人文・社会・自然の諸科学から東西の名著を網羅する、新しい綜合文庫の発刊を決意した。

　激動の転換期はまた断絶の時代である。われわれは戦後二十五年間の出版文化のありかたへの深い反省をこめて、この断絶の時代にあえて人間的な持続を求めようとする。いたずらに浮薄な商業主義のあだ花を追い求めることなく、長期にわたって良書に生命をあたえようとつとめるところにしか、今後の出版文化の真の繁栄はあり得ないと信じるからである。

　同時にわれわれはこの綜合文庫の刊行を通じて、人文・社会・自然の諸科学が、結局人間の学にほかならないことを立証しようと願っている。かつて知識とは、「汝自身を知る」ことにつきていた。現代社会の瑣末な情報の氾濫のなかから、力強い知識の源泉を掘り起し、技術文明のただなかに、生きた人間の姿を復活させること。それこそわれわれの切なる希求である。

　われわれは権威に盲従せず、俗流に媚びることなく、渾然一体となって日本の「草の根」をかたちづくる若く新しい世代の人々に、心をこめてこの新しい綜合文庫をおくり届けたい。それは知識の泉であるとともに感受性のふるさとであり、もっとも有機的に組織され、社会に開かれた万人のための大学をめざしている。大方の支援と協力を衷心より切望してやまない。

一九七一年七月

野間省一

講談社文庫 最新刊

水木しげる
総員玉砕せよ!〈新装完全版〉
太平洋戦争従軍の著者が実体験を元に描いた戦記漫画。没後発見の構想ノートの一部を収録。

藤井邦夫
野暮天〈大江戸閻魔帳㈦〉
腕は立っても色恋は苦手な麟太郎が、男女の事件に首を突っ込んだが!? 〈文庫書下ろし〉

伊兼源太郎
金庫番の娘
商社を辞めて政治の世界に飛び込んだ花織《かおり》が永田町で大奮闘! 傑作「政治×お仕事」エンタメ!

ごとうしのぶ
いばらの冠〈ブラス・セッション・ラヴァーズ〉
シリーズ累計500万部突破!《タクミくんシリーズ》につながる祠堂《しどう》吹奏楽LOVE。

矢野　隆
川中島の戦い〈戦《いくさ》百景〉
武田信玄と上杉謙信の有名な戦いの流れがリアルタイムでわかり、真の勝者が明かされる!

福澤徹三
糸《し》柳《やな》寿《とし》昭《あき》
忌《い》み地　惨〈怪談社奇聞録〉
実話ほど恐ろしいものはない。誰しもの日常とともにある実録怪談集。〈文庫書下ろし〉

手塚マキと歌舞伎町ホスト80人from Smappa! Group
俵万智・野口あや子・小佐野彈・編
ホスト万葉集〈文庫スペシャル〉
いま届けたい。俺たちの五・七・五・七・七!「歌舞伎町の光源氏」が紡ぐ感動の短歌集。

乗《のり》代《しろ》雄《ゆう》介《すけ》
本物の読書家
大叔父には川端康成からの手紙を持っているという噂があった——。乗代雄介の挑戦作。

マイクル・コナリー
古沢嘉通　訳
潔白の法則(上)(下)〈リンカーン弁護士〉
ネットフリックス・シリーズ「リンカーン弁護士」原案。ミッキー・ハラーに殺人容疑が。

講談社タイガ

井《い》坂《さか》暁《あきら》
世界の愛し方を教えて
媚《こ》びて愛されなきゃ生きていけないこの世界が、大嫌いだ。世界を好きになるボーイミーツガール。

講談社文庫 最新刊

東野圭吾 **希望の糸**
「あたしは誰かの代わりに生まれてきたんじゃない」。加賀恭一郎シリーズ待望の最新作!

上田秀人 **戦端** 〈武商繚乱記(一)〉
豪商の富が武士の矜持を崩しかねない事態に。瞠目の新機軸シリーズ開幕! 〈文庫書下ろし〉

桃戸ハル 編・著 **5分後に意外な結末** 〈ベスト・セレクション 心弾ける橙の巻〉
シリーズ累計430万部突破! 電車で、学校で、たった5分で楽しめるショート・ショート傑作集!

望月麻衣 **京都船岡山アストロロジー2** 〈星と創作のアンサンブル〉
作家デビューを果たした桜子《さくらこ》に試練が。星読みがあなたの恋と夢を応援。〈文庫書下ろし〉

大山淳子 **猫弁と鉄の女**
今回の事件の鍵は犬と埋蔵金と杉!? 明日も頑張る元気をくれる大人気シリーズ最新刊!

西村京太郎 **びわ湖環状線に死す**
青年の善意が殺人の連鎖を引き起こす。十津川警部は闇に隠れた容疑者を追い詰める!

乃南アサ **チーム・オベリベリ(上)(下)**
明治期、帯広開拓に身を投じた若者たちを描く、著者初めての長編リアル・フィクション。

濱野京子 **with you《ウィズユー》**
夜の公園で出会ったちょっと気になる少女。彼女は母の介護を担うヤングケアラーだった。

木下昌輝 **つわもの**
信長、謙信、秀吉、光秀、家康、清正、昌幸と幸村。桶狭間から大坂の陣、日ノ本一の兵《つわもの》は誰か?

講談社文芸文庫

伊藤比呂美

とげ抜き　新巣鴨地蔵縁起

解説=栩木伸明　年譜=著者

この苦が、あの苦が、すべて抜けていきますように。詩であり語り物であり、すべての苦労する女たちへの道しるべでもある。【萩原朔太郎賞・紫式部賞W受賞作】

978-4-06-528294-6　いAC1

藤澤清造　西村賢太 編

根津権現前より　藤澤清造随筆集

解説=六角精児　年譜=西村賢太

「歿後弟子」は、師の人生をなぞるかのようなその死の直前まで諸雑誌にあたり、編集・配列に意を用いていた。時空を超えた「魂の感応」の産物こそが本書である。

978-4-06-528090-4　ふN2

林 真理子 みんなの秘密
林 真理子 ミスキャスト
林 真理子 ミルキー
林 真理子 新装版 星に願いを
林 真理子 野心と美貌〈中年心得帳〉
林 真理子 正妻(上)(下)〈慶喜と美賀子〉
林 真理子 大《お》原《はら》御《ご》幸《こう》〈帯に生きた家族の物語〉
林 真理子 さくら、さくら〈おとなが恋して〈新装版〉〉
林 真理子／見城 徹 過剰な二人
原田宗典 スメル男〈新装版〉
帚木蓬生 日御子(上)(下)
帚木蓬生 襲来(上)(下)
坂東眞砂子 欲情
畑村洋太郎 失敗学のすすめ
畑村洋太郎 失敗学実践講義〈文庫増補版〉
はやみねかおる 都会《まち》のトム&ソーヤ(1)
はやみねかおる 都会《まち》のトム&ソーヤ(2)〈乱! RUN! ラン!〉
はやみねかおる 都会《まち》のトム&ソーヤ(3)〈いつになったら作戦《ミッション》終了?〉
はやみねかおる 都会《まち》のトム&ソーヤ(4)〈四重奏《カルテット》〉

はやみねかおる 都会《まち》のトム&ソーヤ(5)〈IN《イン》塀戸《VADE》〉(上)(下)
はやみねかおる 都会《まち》のトム&ソーヤ(6)〈ぼくの家へおいで〉
はやみねかおる 都会《まち》のトム&ソーヤ(7)《怪人は夢に舞う〈理論編〉》
はやみねかおる 都会《まち》のトム&ソーヤ(8)《怪人は夢に舞う〈実践編〉》
はやみねかおる 都会《まち》のトム&ソーヤ(9)〈前夜祭《EVE》 内人《ないと》side〉
はやみねかおる 都会《まち》のトム&ソーヤ(10)〈前夜祭《EVE》 創也《そうや》side〉
原 武史 滝山コミューン一九七四
濱 嘉之 警視庁情報官〈シークレット・オフィサー〉
濱 嘉之 警視庁情報官 ハニートラップ
濱 嘉之 警視庁情報官 トリックスター
濱 嘉之 警視庁情報官 ブラックドナー
濱 嘉之 警視庁情報官 サイバージハード
濱 嘉之 警視庁情報官 ゴーストマネー
濱 嘉之 警視庁情報官 ノースブリザード
濱 嘉之 ヒトイチ 警視庁人事一課監察係
濱 嘉之 ヒトイチ 画像解析〈警視庁人事一課監察係〉
濱 嘉之 ヒトイチ 内部告発〈警視庁人事一課監察係〉
濱 嘉之 新装版 院内刑事
濱 嘉之 新装版 院内刑事〈ブラック・メディスン〉

濱 嘉之 院内刑事〈フェイク・レセプト〉
濱 嘉之 院内刑事 ザ・パンデミック
濱 嘉之 院内刑事 シャドウ・ペイシェンツ
馳 星周 ラフ・アンド・タフ
畠中 恵 アイスクリン強し
畠中 恵 若様組まいる
畠中 恵 若様とロマン
葉室 麟 風渡る
葉室 麟 風の軍師〈黒田官兵衛〉
葉室 麟 星火瞬く
葉室 麟 陽炎《かげろう》の門
葉室 麟 紫匂う
葉室 麟 山月庵茶会記
葉室 麟 津軽双花
長谷川 卓 嶽神《がくじん》〈上・白銀《しろがね》渡り〉〈下・湖底の黄金〉
長谷川 卓 嶽神伝《がくじんでん》 鬼哭《きこく》(上)(下)
長谷川 卓 嶽神列伝 逆渡《さかわた》り
長谷川 卓 嶽神伝《がくじんでん》 血路
長谷川 卓 嶽神伝《がくじんでん》 死地

2022年 6月15日現在